LA VÉRITÉ SUR MARIE

DU MÊME AUTEUR

LA SALLE DE BAIN, *roman*, 1985, (« double », n° 32)
MONSIEUR, *roman*, 1986
L'APPAREIL-PHOTO, *roman*, 1989, (« double », n° 45)
LA RÉTICENCE, *roman*, 1991
LA TÉLÉVISION, *roman*, 1997, (« double », n° 19)
AUTOPORTRAIT (À L'ÉTRANGER), 2000, (« double », n° 78)
LA MÉLANCOLIE DE ZIDANE, 2006
L'URGENCE ET LA PATIENCE, 2012

MARIE MADELEINE MARGUERITE DE MONTALTE

I. FAIRE L'AMOUR, *hiver* ; 2002 (« double », n° 61)
II. FUIR, *été* ; 2005 (« double », n° 62)
III. LA VÉRITÉ SUR MARIE, *printemps-été* ; 2009 (« double », n° 92)
IV. NUE, *automne-hiver* ; 2013

Aux Éditions Le Passage

LA MAIN ET LE REGARD, 2012, à l'occasion de l'exposition LIVRE/LOUVRE au musée du Louvre

JEAN-PHILIPPE TOUSSAINT

LA VÉRITÉ SUR MARIE

suivi de

L'auteur, le narrateur et le pur-sang
Une enquête de Pierre Bayard
et Jean-Philippe Toussaint

LES ÉDITIONS DE MINUIT

www.leseditionsdeminuit.fr

ISBN : 978-2-7073-2322-4

Printemps-été

I

Plus tard, en repensant aux heures sombres de cette nuit caniculaire, je me suis rendu compte que nous avions fait l'amour au même moment, Marie et moi, mais pas ensemble. À une certaine heure de cette nuit — c'était les premières chaleurs de l'année, elles étaient survenues brutalement, trois jours de suite à 38° C dans la région parisienne, et la température ne descendant jamais sous les 30° C —, Marie et moi faisions l'amour à Paris dans des appartements distants à vol d'oiseau d'à peine un kilomètre. Nous ne pouvions évidemment pas imaginer en début de soirée, ni plus tard, ni à aucun moment, c'était tout simplement inimaginable, que nous nous verrions cette nuit-là, qu'avant le lever du jour nous serions ensemble, et même que nous nous étreindrions brièvement dans le couloir sombre et bouleversé de notre appartement. Selon toute vraisemblance, au vu de l'heure à laquelle Marie est rentrée à la maison (chez nous, ou plutôt *chez elle*, il faudrait dire *chez elle* maintenant, car cela faisait près de quatre mois que nous n'habitions plus ensemble), et de l'heure, presque parallèle, à laquelle j'étais rentré dans le petit deux-pièces où je m'étais installé depuis notre séparation, pas seul, je n'étais pas seul — mais peu importe avec qui j'étais, ce n'est pas la question —, on peut évaluer à une heure vingt, une heure trente du matin au plus tard, l'heure à laquelle Marie et moi faisions l'amour au même moment dans Paris cette nuit-là, légèrement ivres l'un et l'autre, les corps chauds dans la pénombre, la fenêtre grande ouverte qui ne laissait pas entrer un souffle d'air dans la chambre. L'air était immobile, lourd, orageux, presque fiévreux, qui ne rafraîchissait pas l'atmosphère, mais confortait plutôt les corps dans l'oppression passive et souveraine de la chaleur. Il était moins de deux heures du matin — je le sais, j'ai regardé l'heure quand le téléphone a sonné. Mais je préfère rester prudent quant à la chronologie exacte des événements de la nuit, car il s'agit quand même du destin d'un homme, ou de sa mort, on ne saurait pendant longtemps s'il survivrait ou non.

Je n'ai même jamais très bien su son nom, un nom à particule, Jean-Christophe de G. Marie était rentrée avec lui dans l'appartement de la rue de La Vrillière après le dîner, c'était la première fois qu'ils passaient la nuit ensemble à Paris, ils s'étaient rencontrés à Tokyo en janvier, lors du vernissage de l'exposition de Marie au *Contemporary Art Space* de Shinagawa.

Il était un peu plus de minuit quand ils étaient rentrés dans l'appartement de la rue de La Vrillière. Marie avait été chercher une bouteille de grappa dans la cuisine, et ils s'étaient assis dans la chambre au pied du lit dans un désordre d'oreillers et de coussins, les jambes négligemment allongées sur le parquet. Il régnait une chaleur sombre et statique dans l'appartement de la rue de La Vrillière, où les volets étaient restés fermés depuis la veille pour se préserver de la chaleur. Marie avait ouvert la fenêtre et elle avait servi la grappa assise dans la pénombre, elle regardait le liquide couler lentement dans les verres par l'étroit doseur argenté de la bouteille, et elle avait tout de suite senti un parfum de grappa lui monter à la tête, percevant son goût mentalement avant même de l'éprouver sur sa langue, ce goût enfoui en elle depuis plusieurs étés, ce goût parfumé et presque liquoreux de la grappa qu'elle devait associer à l'île d'Elbe, qui venait brusquement de refaire surface à l'improviste dans son esprit. Elle ferma les yeux et but une gorgée, se pencha vers Jean-Christophe de G. et l'embrassa, les lèvres tièdes, dans une brusque sensation de fraîcheur et de grappa sur la langue.

Quelques mois plus tôt, Marie avait copié sur son ordinateur portable un logiciel qui permet de télécharger des morceaux de musique en toute illégalité. Marie, qui aurait été la première surprise si on lui avait fait une remarque sur le caractère illicite de ses pratiques, Marie, ma pirate, qui payait par ailleurs à prix d'or un staff d'avocats d'affaires et de juristes internationaux pour lutter contre la contrefaçon de ses marques en Asie, Marie s'était relevée et avait traversé la pénombre de la pièce pour télécharger un morceau de musique douce et dansante sur son ordinateur portable. Elle avait trouvé un vieux slow à sa convenance, kitschissime et languide (nous avions, je le crains, les mêmes goûts), et elle se mit à danser toute seule dans la chambre en entrouvrant sa chemise, revenant pieds nus vers le lit, les bras comme des serpents sinueux qui improvisaient d'arabisantes arabesques dans l'air. Elle alla se rasseoir auprès de Jean-Christophe de G., qui lui passa tendrement la main sous la chemise, mais Marie se cambra brusquement et le repoussa dans un geste d'exaspération ambigu qui pouvait passer pour un simple « bas les pattes » excédé en sentant le contact de sa main tiède sur sa peau nue. Elle avait trop chaud, Marie avait trop chaud, elle crevait de chaud, elle se sentait poisseuse, elle transpirait, sa peau collait, elle avait du mal à respirer dans l'air étouffant et confiné de la pièce. Elle quitta la pièce en coup de vent et revint du salon avec un ventilateur à grillage qu'elle brancha au pied du lit en le mettant immédiatement en position maximum. Le ventilateur se mit en route, lentement, les pales prenant rapidement leur vitesse de croisière pour pulser bruyamment dans l'air des bouffées tourbillonnantes qui leur fouettaient le visage et leur faisaient danser les cheveux devant les yeux, lui devant lutter pour rattraper une mèche qui s'envolait sur son front, et elle, docile, la tête baissée, offrant avec complaisance sa chevelure à l'air, ce qui lui donnait des allures de folle, ou de Méduse. Marie, et son goût épuisant pour les fenêtres ouvertes, pour les tiroirs ouverts, pour les valises ouvertes, son goût pour le désordre, pour le bazar, pour le chaos, le bordel noir, les tourbillons, l'air mobile et les rafales.

Ils avaient fini par se déshabiller et ils s'étaient étreints dans la pénombre. Marie, au pied du lit, ne bougeait plus, elle s'était endormie dans les bras de Jean-Christophe de G. Le ventilateur tournait au ralenti dans la chambre en brassant un air tiède qui allait se mêler à l'air orageux de la nuit. La pièce était silencieuse, où ne luisait que la lueur bleutée de l'ordinateur portable dont l'écran s'était mis en veilleuse. Jean-Christophe de G. se dégagea doucement de l'étreinte de Marie et se leva, nu, en deux temps, lourdement, en s'aidant de la main, s'avança sans bruit sur le parquet craquant pour se rendre à la fenêtre, et se mit à regarder la rue par la fenêtre. Paris était engourdi de chaleur, il devait faire encore près de 30° C alors qu'il n'était pas loin d'une heure du matin. Un bar invisible, au loin, était resté ouvert et des éclats de voix se faisaient entendre dans les profondeurs de la nuit. Quelques voitures passaient dans des halos de phares, un piéton traversait la rue en direction de la place des Victoires. Sur le trottoir d'en face, juste en face de l'appartement, se dressait la silhouette massive et silencieuse de la Banque de France. Le lourd portail de bronze était condamné, rien ne bougeait alentour, et Jean-Christophe de G. fut alors traversé d'un noir pressentiment, persuadé que quelque chose de dramatique allait survenir dans le calme de cette nuit orageuse, que, d'un instant à l'autre, il serait le témoin d'un déferlement de violence, de stupeur et de mort, que des sirènes d'alarme se déclencheraient derrière les murs d'enceinte de la Banque de France, et que la rue, en contrebas, serait le théâtre de poursuites et de cris, de heurts, de claquements de portières et de coups de feu, la chaussée brusquement envahie de voitures de police et de gyrophares qui illumineraient les façades en tournoyant dans la nuit.

Jean-Christophe de G. était nu à la fenêtre de l'appartement de la rue de La Vrillière, et il regardait la nuit avec cette inquiétude diffuse qui lui oppressait la poitrine, quand il aperçut un éclair au loin dans le ciel. Une courte rafale de vent lui aéra alors le visage et le torse, et il remarqua que le ciel était entièrement noir à l'horizon, non pas un noir de nuit d'été, transparent et bleuté, mais un noir dense, menaçant et opaque. De gros nuages d'orage approchaient du quartier, qui se mouvaient inexorablement dans le ciel en allant recouvrir les derniers vestiges de nuit claire qui subsistaient encore au-dessus des bâtiments de la Banque de France. Il y eut encore un éclair au loin, vers la Seine, en direction du Louvre, muet, étrange, zébré, prémonitoire, sans coup de foudre ni grondement de tonnerre, une longue décharge électrique horizontale qui déchira le ciel sur une centaine de mètres et illumina l'horizon par à-coups blancs saccadés, saisissants, silencieux.

Un air plus frais, par brusques bouffées tourbillonnantes, entra dans la pièce. Marie sentit le frisson d'un vent rafraîchissant lui parcourir le dos et elle alla se réfugier dans le lit en s'enroulant l'épaule dans un drap. Elle retira ses chaussettes, qu'elle jeta au pied du lit, tandis que Jean-Christophe de G. commençait à se rhabiller dans la pénombre, lui se rhabillant et elle se déshabillant dans un même mouvement parallèle aux finalités divergentes. Il remit son pantalon et enfila sa veste. Avant de partir, il alla s'asseoir un instant au chevet de Marie. Il l'embrassa sur le front dans la pénombre, effleura ses lèvres, mais les baisers durèrent plus que pour un simple adieu, se prolongèrent et devinrent plus fiévreux, ils s'étreignirent à nouveau et il finit par se glisser dans le lit, tout habillé, se colla contre elle sous les draps, en veste de lin noire et pantalon de toile, sa mallette à la main, qu'il finit par lâcher pour étreindre Marie. Elle était nue contre lui et il lui caressait les seins, il l'entendait gémir et il fit glisser sa petite culotte le long de ses cuisses, Marie l'aida en se contorsionnant au fond du lit, Marie, haletante, les yeux fermés, défit la braguette de Jean-Christophe de G. et lui sortit le sexe, avec hâte, détermination, une certaine urgence, d'un geste à la fois ferme et délicat, précis, comme si elle savait très bien où elle voulait en venir, mais, arrivée à ses fins, elle ne sut soudain plus que faire. Elle ouvrit les yeux, étonnée, endormie, assoupie d'alcool et de fatigue, et elle se rendit compte qu'elle avait surtout sommeil, la seule chose qu'elle avait vraiment envie de faire maintenant, c'était de dormir, éventuellement dans les bras de Jean-Christophe de G., mais pas nécessairement sa bite à la main. Elle s'interrompit, et, comme il fallait bien faire quelque chose de la bite de Jean-Christophe de G. qu'elle avait toujours à la main, elle la secoua, aimablement, deux ou trois fois, par curiosité, assez mollement, elle la tenait à pleine main et elle l'agitait en regardant le résultat d'un air curieux et intéressé. Elle espérait quoi, qu'elle décolle ? Marie avait la bite de Jean-Christophe de G. à la main et elle ne savait qu'en faire.

Marie avait fini par s'endormir. Elle s'était assoupie quelques instants, ou ce fut lui qui s'endormit le premier, ils bougeaient à peine dans l'obscurité, ils continuaient de s'embrasser, par intermittence, dans un demi-sommeil partagé, somnolant dans les bras l'un de l'autre, en échangeant d'éphémères caresses somnambuliques (et on appelle ça s'aimer toute la nuit). Marie avait déboutonné le haut de la chemise de Jean-Christophe de G. et elle lui caressait nonchalamment la poitrine, il se laissait faire, il avait chaud, il transpirait tout habillé sous les draps, il bandait imperceptiblement, la verge délaissée, abandonnée hors du pantalon, qui était encore agitée à l'occasion de spasmes espacés, tandis que la main de Marie se déplaçait sous sa chemise défaite, moite et sans forme, les flancs affaissés et flasques autour de lui. Elle l'embrassa doucement, légèrement en sueur elle aussi, les tempes chaudes, et, sans y prendre garde, elle commença à lui faire les poches, elle glissa une main dans la poche de la veste, curieuse de savoir ce qu'était cet objet rigide aux contours anguleux qui s'appuyait contre sa hanche quand il la prenait dans ses bras. Une arme ? Se pouvait-il qu'il eût une arme dans la poche ?

La fenêtre de la chambre se referma alors lentement toute seule, puis revint sur elle-même et claqua violemment, dans un tremblement de verre et de vitres, tandis que la pluie se mettait brusquement à tomber à grosses gouttes dans la rue. Marie regardait les trombes d'eau s'abattre dans la nuit par l'encadrement de la fenêtre, un rideau de pluie noire qui se mouvait latéralement et traversait les faisceaux des réverbères dans des sautes de vent tourbillonnantes. Le tonnerre gronda dans le même temps, plusieurs fois d'affilée, illuminant le ciel d'un réseau d'éclairs arborescents aux multiples ramifications électrisées. La pluie redoubla de violence et se mit à entrer dans la chambre, rebondissant sur les vitres et le parquet au voisinage de la fenêtre. Marie se sentait bien, nue sous les draps à l'abri de l'orage, les sens exacerbés dans le noir, les yeux brillants dans les éclairs, savourant avec volupté la dimension érotique du plaisir qu'il y a de jouir de l'orage dans la chaleur d'un lit, la fenêtre ouverte dans la nuit, quand le ciel se déchire et les éléments se déchaînent. Les éclairs, parfois, la faisaient sursauter et aiguisaient d'un élancement d'effroi le plaisir sensuel qu'elle éprouvait de se sentir bien au chaud sous les draps tandis que l'orage faisait rage au-dehors. Mais, contrairement aux violents orages de la fin de l'été à l'île d'Elbe, qui purifient l'air et le rafraîchissent immédiatement, l'orage de ce soir avait quelque chose de tropical et de malsain, comme si la pluie n'avait pas réussi à faire baisser la température et que l'air ambiant, chargé d'une humidité résiduelle et d'un trop-plein d'électricité atmosphérique, continuait de rester lourd, moite, irrespirable et délétère. Jean-Christophe de G., immobile dans le lit, tout habillé, le front en sueur, n'avait même pas ouvert les yeux. Il continuait à dormir lourdement sur le dos, indifférent aux grondements du tonnerre dont les répercussions en cascade allaient mêler leur écho finissant au son ininterrompu de la pluie battante. Marie ne fit pas tellement attention à lui quand il repoussa le drap et émergea du lit en costume, immédiatement tout habillé pour sortir. Elle le regarda quitter la chambre de sa démarche somnambulique, très raide, en chaussettes, sa mallette à la main, peut-être dans l'intention de rentrer chez lui, Marie ne savait pas où il allait, elle l'entendit s'éloigner dans le couloir, puis une porte claqua, peut-être la porte d'entrée et Marie jeta un coup d'œil sur les chaussures de Jean-Christophe de G. qui étaient restées en désordre au pied du lit, mais c'était plutôt la porte des toilettes qui avait claqué. Jean-Christophe de G. resta absent quelques minutes et il revint comme il était venu, de la même démarche mal assurée, raide, mécanique, le visage très blanc, pâle, livide, en chaussettes et transpirant, il fit un pas dans la chambre et s'effondra.

Marie ne comprit pas tout de suite ce qui s'était passé, elle crut qu'il avait trébuché sous l'effet de l'alcool, et elle hésita un instant à sortir du lit pour le secourir. Mais ce qui lui fit soudain très peur, c'est qu'il n'avait pas perdu connaissance, elle le voyait tanguer sur le dos dans la pénombre, il s'agitait piteusement sur le parquet, se tenant la poitrine à deux mains comme si elle était enserrée dans un étau de l'emprise duquel il ne parvenait pas à se défaire, et elle le voyait grimacer de douleur dans le noir, la mâchoire engourdie, les lèvres lourdes, ankylosées, comme anesthésiées, ne respirant plus normalement et peinant à articuler, ce qui rendait sa diction pâteuse à peine intelligible, essayant de lui expliquer qu'il ne sentait plus sa main gauche, qu'elle était paralysée. Marie, qui l'avait rejoint, à genoux par terre, penchée sur lui, lui avait pris la main. Il dit qu'il se sentait mal, qu'il fallait appeler un médecin.

Marie avait composé un numéro d'urgence, le 15, ou le 18, et elle tournait en rond dans la chambre en attendant qu'on décrochât, s'approchant de la fenêtre pour jeter un regard absent dans la rue où la pluie continuait de tomber dans la nuit, revenant près du corps étendu de Jean-Christophe de G. et finissant par s'agenouiller contre lui. Marie, nue, à genoux par terre, immobile dans la pénombre, les doigts tremblants, le téléphone à la main dont elle entendait les sonneries contre son oreille, sa silhouette nue qu'éclairait parfois brutalement la lueur d'un éclair qui illuminait la pièce, Marie, qui laissa libre cours à la panique qui s'était emparée d'elle dès qu'on décrocha, libérant un flot d'explications imprécises et confuses, Marie, bouleversée, perdue, désemparée, qui ne laissait pas en placer une à l'opérateur qui essayait de la calmer et lui posait toujours les mêmes deux ou trois questions succinctes qui appelaient des réponses simples et concises — son nom, son adresse, la nature du malaise —, mais Marie ne supportait pas qu'on lui pose des questions, Marie avait toujours eu horreur qu'on lui pose des questions, Marie n'écoutait pas, elle ne répondait pas, elle parlait dans le vide d'une voix égarée, sans donner son nom ni son adresse, elle expliquait que déjà au restaurant il avait eu un malaise, une douleur à l'épaule, mais que cela n'avait duré qu'un instant et que c'était passé, qu'elle ne pouvait pas se douter — et l'opérateur dut l'interrompre pour lui demander une nouvelle fois, plus sèchement, son adresse « votre adresse, Madame, donnez-moi votre adresse, nous ne pouvons rien faire sans votre adresse » — et c'est lui, Jean-Christophe de G., allongé sur le dos, blanc et en sueur, l'œil éteint, la lèvre molle, sans force, qui regardait Marie avec inquiétude en essayant de deviner ce qui se passait, c'est lui qui, quêtant des informations dans le regard de Marie et finissant par comprendre la situation, lui prit le téléphone des mains et donna l'adresse à l'opérateur : « 2, rue de la Vrillière », il le dit d'une traite comme s'il s'agissait de commander un taxi pour rentrer chez lui, puis, épuisé par l'effort, il rendit l'appareil à Marie et retomba sur le côté dans sa torpeur. L'opérateur expliqua alors à Marie qu'il envoyait immédiatement une ambulance et lui recommandait d'une voix neutre, monotone, en cas d'arrêt cardiaque ou de perte de conscience, de pratiquer des compressions thoraciques avec les mains et des insufflations d'air dans la bouche. L'orage n'avait pas faibli, et des éclairs blancs, à intervalles réguliers, — aveuglements et illuminations —, figeaient un instant les contours de la chambre d'une lumière blanche fantasmagorique. Marie s'était hissée à califourchon sur le corps tout habillé de Jean-Christophe de G., et, les mains l'une sur l'autre, les bras tendus, les cheveux en désordre, maladroite, affolée, elle appuyait de toutes ses forces sur son sternum pour enfoncer sa cage thoracique, puis, comme il ne répondait plus à ses sollicitations, se penchait sur lui pour le secouer et l'étreindre, le malmener et l'embrasser, passer ses mains sur son visage, lui transmettre sa chaleur, collant ses lèvres contre les siennes et lui enfonçant sa langue dans la bouche pour lui souffler de l'air, comme si elle compensait la navrante maladresse de ses soins par une fougue rageuse et communicative, qui ne devait sans doute pas apporter beaucoup d'oxygène au malheureux mais lui transmettre un élan furieux d'énergie et de vie. Car c'était comme un souffle vital que Marie essayait de transmettre au corps inconscient de Jean-Christophe de G. en lui soufflant n'importe comment de l'air dans la bouche et en le serrant intensément dans ses bras sur le sol de la chambre au cours de cette étreinte, où Marie sentait le contact de la mort qui gagnait contre sa peau nue — la saisissante nudité du corps de Marie aux prises avec la mort.

Marie entendit de très loin les sirènes d'une ambulance, et elle se releva pour se précipiter à la fenêtre, pataugeant, les pieds nus, dans les traînées de pluie qui s'étaient accumulées sur le parquet au pied de la croisée ouverte. Marie, nue à la fenêtre, indifférente au vent et à la pluie, qui guettait l'arrivée de l'ambulance qui remontait la rue Croix-des-Petits-Champs, apercevant au loin les premières lueurs de gyrophares qui se mêlaient aux sons grandissants des sirènes qui approchaient, et ce ne fut pas un, mais deux véhicules de secours, qui surgirent dans la nuit à l'angle de la rue de La Vrillière dans des tournoiements de gyrophares bleus et blancs qui clignotaient sous la pluie battante, une grande ambulance blanche du Samu et un véhicule break médicalisé qui monta sur le trottoir pour s'immobiliser contre la façade de l'immeuble. Deux silhouettes émergèrent d'un des véhicules, tandis que les secouristes du Samu faisaient claquer les portières et pressaient le pas sous la pluie en baissant la tête sous l'averse, chargés de sacoches et de sacs à dos médicaux hissés sur leurs épaules. Le groupe se hâta sur le trottoir, pressant le pas pour entrer dans l'immeuble, mais ils restèrent bloqués en bas, coupés dans leur élan, la porte cochère demeurant coincée malgré leurs poussées répétées et leurs tentatives de forcer le passage. L'un d'eux fit demi-tour, recula jusqu'au milieu de la rue et leva la tête vers l'immeuble. Le visage dégoulinant de pluie, il finit par apercevoir Marie à la fenêtre et lui cria que la porte était fermée. Marie lui donna aussitôt le code de l'immeuble, mais se trompa, donna l'ancien, elle ne savait plus, elle donna le nouveau, le cria à plusieurs reprises entre ses mains, et courut dans le couloir pour aller ouvrir la porte de l'appartement. Elle fit un pas sur le palier et entendit le mécanisme de la porte cochère se débloquer en contrebas, déjà des pas résonnaient dans le vestibule, et elle entendit la lourde foulée des secouristes qui montaient les escaliers pour apparaître presque aussitôt devant elle dans l'obscurité. Ils entrèrent sans un mot dans l'appartement où aucune lumière n'était allumée, seule la faible veilleuse bleue de l'ordinateur luisait encore dans la chambre. Les secouristes étaient cinq, quatre hommes et une femme. Ils traversèrent le couloir d'un pas décidé et se dirigèrent à grandes enjambées vers la chambre sans demander leur chemin, comme s'ils savaient où elle était, comme s'ils avaient toujours su où se trouvait la chambre, et, avant toute chose, avant même de jeter un coup d'œil sur le corps étendu par terre, avant même de l'examiner ou de lui prodiguer le moindre soin, ils firent de la lumière dans la pièce, il n'y avait pas de plafonnier dans la chambre, mais une multitude de petites lampes que Marie avait réunies depuis plusieurs années, la Tizio de Richard Sapper, la Tolomeo à tête chromée d'Artemide, la Titania d'Alberto Meda & Paolo Rizzatto, l'Itty Bitty d'Outlook Zelco, qu'ils allumèrent toutes à la fois, les cinq secouristes se dispersant aux quatre coins de la chambre pour allumer toutes les lampes à la fois — et ce n'est qu'alors, debout parmi les secouristes au milieu de la chambre rendue à la totalité de ses jeux de lumières, que Marie se rendit compte qu'elle était nue.

Avec la même détermination, qui n'était pas de la vitesse, mais de la précision, de la méthode, de l'exactitude dans les gestes, les secouristes déshabillèrent Jean-Christophe de G. à même le sol, le soulevèrent pour lui ôter sa veste et ouvrir sa chemise, en écarter les pans, tirant sur le tissu, défaisant, faisant sauter les boutons qui résistaient, pour lui dénuder largement le thorax, tandis que le médecin l'auscultait déjà avec un stéthoscope. Un infirmier, accroupi au chevet du malade, lui prenait la tension, enroulant le brassard autour de son bras et appuyant sur la poire du tensiomètre pour constater que la tension artérielle était très faible, à peine perceptible, quasiment inexistante, à l'instar de son pouls carotidien. Il fallut le ventiler d'urgence, on lui passa un masque transparent sur le visage, relié à une bouteille d'oxygène, dont on régla le débit. Un troisième secouriste, à genoux par terre, avait ouvert une caisse médicale au pied du lit, à côté de l'endroit où demeuraient encore les petits verres de grappa, et se préparait à lui mettre une perfusion. Il avait soulevé le bras inerte de Jean-Christophe de G. pour lui désinfecter largement la peau du poignet à l'alcool, puis, très vite, il avait repéré la veine où il allait piquer, qu'il éprouva au toucher, serra violemment le garrot qu'il avait confectionné, ôta le capuchon de l'aiguille et piqua en dirigeant le biseau vers le haut pour perforer la peau à angle aigu. Il défit, dans un bruit sec de scratch, la couche protectrice d'un grand sparadrap dont il se servit pour fixer sommairement le cathéter sur la peau. Il y avait des caisses médicales dispersées partout dans la chambre, ouvertes et débordantes de seringues, de tuyaux en caoutchouc et d'accessoires conditionnés sous vide dans des sachets en plastique transparents. À genoux sur le parquet, le médecin avait commencé d'enduire le torse de Jean-Christophe de G. d'une mauvaise gelée translucide et aqueuse qu'il avait étalée et comme beurrée à pleines mains pour qu'elle imbibe bien la peau, assouplisse l'épiderme et amollisse les poils, et, ayant libéré un rasoir jetable de sa protection de plastique, petit, bleu, sommaire, rudimentaire, un méchant petit rasoir jetable au manche étique qui n'offrait pas de prise stable à la main, il se mit à lui raser le torse à toute allure, par grandes bandes sommaires, du haut vers le bas, en deux temps trois mouvements, sans ménagement, en écorchant la peau, plus pour déblayer que pour raser vraiment, s'attardant pour finir, dans une sorte de virgule facétieuse, dans le creux du sternum, avant de secouer la mélasse de poils agglutinés contre la lame et de fixer rapidement un réseau d'électrodes sur la peau rougie et irritée. Au milieu de la pièce, le corps de Jean-Christophe de G. était étendu au cœur d'un essaim de silhouettes blanches indistinctes qui s'activaient autour de lui, son torse blanc émergeant du groupe dans la lumière aveuglante de l'ampoule de 400 watts d'un lampadaire halogène, qu'un infirmier était parti chercher d'urgence en renfort dans le salon pour augmenter l'intensité lumineuse de la pièce, que la totalité des petites lampes design de Marie, même allumées ensemble, ne maintenait que dans une pénombre tamisée de boudoir. Debout dans la pièce, vêtu d'une tunique blanche à manches courtes, l'infirmier tenait le lampadaire par la hampe au chevet du corps inanimé, la vasque amovible ayant été tordue grossièrement pour être dirigée vers le bas en direction du torse blafard couvert d'électrodes, ce qui conférait à la chambre des allures de bloc opératoire.

Marie s'était rendue dans la salle de bain pour passer rapidement un tee-shirt, et elle tournait en rond dans la chambre, à l'étroit dans l'espace extrêmement réduit qui n'avait pas été envahi par les secouristes. Elle ne savait pas où se mettre, où aller, elle s'était rapprochée de la fenêtre et elle avait refermé les battants pour empêcher la pluie de continuer à entrer dans la chambre. Elle avait renoncé à demander des informations au médecin, c'était inutile, la gravité de l'état de Jean-Christophe de G. sautait aux yeux. Les secouristes, en cercle autour du corps, ne prêtaient d'ailleurs aucune attention à elle, ils étudiaient en silence le tracé de l'électrocardiogramme sur le minuscule écran lumineux d'un moniteur cardiaque encastré dans une valise médicale ouverte au chevet du malade et échangeaient de rares paroles entre eux d'une voix chuchotante, l'un d'eux se levant parfois pour accomplir une tâche précise, ramener un instrument manquant ou pratiquer une injection dans la perfusion. Marie perçut alors une agitation anormale, une onde de tension et de nervosité qui traversa le dos des secouristes et se traduisit par une accélération soudaine dans l'enchaînement des soins et les mouvements d'ondulation des épaules, un enchevêtrement de mains se pressant au-dessus du torse inanimé qui trahissait sans doute une aggravation brutale de son état. Le médecin, dans un geste d'urgence extrême, se souleva pour pratiquer un coup de poing sternal, avant de poser précipitamment sur le torse couvert d'électrodes deux grandes palettes conductrices reliées par des câbles à un bloc électrique noir qu'il maintenait entre ses genoux, une palette sur la partie haute du sternum et l'autre entre les côtes. Sans perdre une seconde, demandant aux infirmiers de ne plus rester en contact avec le corps, s'assurant que personne ne le touchait, il procéda à une défibrillation ventriculaire en délivrant un choc électrique brutal, qui fit tressauter la poitrine sur le sol, de haut en bas, lorsque la décharge électrique traversa le myocarde. Puis, retombant sur le sol, le corps demeura inerte, et Marie comprit que le cœur ne battait plus. Marie s'approcha des secouristes et regarda le corps dénudé dont le visage disparaissait sous le masque à oxygène, la chair blanche inanimée parsemée d'électrodes, comme de la chair de poisson, de la chair de cabillaud, ou de la chair de limande, et Marie ne pouvait s'empêcher de songer que c'était ce corps inerte qu'elle avait étreint dans cette même chambre moins d'une heure plus tôt à peu près au même endroit, ce corps dénudé, dépossédé, ce corps objétisé et médicalisé, ce corps rasé, perfusé, ventilé — ce corps réduit à sa matière première qui n'avait plus rien à voir avec ce qu'était la personnalité réelle de Jean-Christophe de G. Elle se rendit compte alors que c'était la première fois qu'elle regardait vraiment son corps depuis le début de la soirée que, pas une fois auparavant, durant cette nuit, même pendant qu'ils s'étaient étreints, elle ne s'était intéressée à son corps, l'avait à peine touché, ne l'avait même pas regardé, ne s'étant toujours préoccupée que de son propre corps, de sa propre jouissance.

Devant l'échec de la défibrillation, le médecin procéda à une deuxième tentative, une décharge plus puissante. Après un instant de silence et de regards unanimement suspendus à l'écran lumineux du moniteur, le tracé de l'électrocardiogramme de Jean-Christophe de G. se remit à osciller faiblement, le cœur s'était remis à battre. Un infirmier ajouta une dose d'antiarythmique dans la perfusion, on lui administra une nouvelle dose de morphine. Le malade paraissant stabilisé, le médecin décida de l'évacuer sans tarder vers un hôpital. Il n'y eut pas d'autre explication, chacun savait ce qu'il avait à faire, les secouristes se relevèrent et se préparèrent pour le départ, on commença à rassembler les instruments éparpillés sur le sol de la chambre pour les ranger dans les sacoches, déjà les premiers secouristes descendaient les caisses médicales dans les ambulances. Marie observait ce ballet silencieux et précis de mouvements centrifuges, qui s'éloignaient du corps inanimé de Jean-Christophe de G., le laissant pour la première fois seul au centre de la pièce, relié par des tuyaux à la perfusion et à une petite bombonne d'oxygène posée sur le parquet. Les infirmiers revinrent de l'ambulance avec un brancard, qu'ils entreprirent de déployer dans la pièce, ajustant les hampes et dépliant les compas, on vérifia la solidité des structures et la robustesse de la toile, et Jean-Christophe de G. fut hissé avec soin sur la civière. On disposa une couverture sur ses genoux, on fixa ses jambes avec des sangles, qu'on ajusta fermement autour de ses cuisses, et ils l'emportèrent hors de la chambre, un infirmier trottinant dans le couloir à côté du brancard avec le tuyau de la perfusion et la bombonne d'oxygène. Le cortège sortit rapidement de l'appartement et Marie les suivit pieds nus sur le palier, elle essaya de déclencher la minuterie, mais elle ne marchait pas, et elle les regarda descendre dans le noir. Ils progressaient lentement dans l'obscurité de la cage d'escalier, marche après marche, surveillant l'inclination du brancard et étudiant les angles pour éviter de racler les murs ou de heurter la rampe. Dans les derniers mètres, un infirmier se détacha du groupe et se hâta d'aller ouvrir la porte cochère pour faciliter le passage du brancard. Ils passèrent la porte cochère pour sortir et disparurent de la vue de Marie exactement comme j'arrivais, moi, devant l'immeuble, unique badaud égaré là dans la rue à trois heures du matin.

Je n'avais d'abord rien compris quand Marie m'avait appelé au téléphone en pleine nuit. La pluie tombait à verse par la fenêtre ouverte, l'orage grondait, et j'entendais les sonneries du téléphone qui résonnaient dans l'obscurité du petit deux-pièces où j'avais emménagé quelques mois plus tôt. Au moment de décrocher, j'ai immédiatement reconnu la voix de Marie, Marie qui m'avait appelé à la suite du coup de téléphone qu'elle avait donné aux secours — juste après ou juste avant, je ne sais pas, les deux coups de téléphone avaient dû avoir lieu dans la foulée — Marie, agitée, confuse, implorante, qui m'appelait à l'aide, me demandant de la rejoindre, tout de suite, mais ne m'expliquant pas pourquoi, viens, me disait-elle d'une voix précipitée, viens tout de suite, dépêche-toi, c'est urgent, me sommant, me suppliant de la rejoindre immédiatement rue de La Vrillière.

Le coup de téléphone de Marie — il était un peu plus de deux heures du matin, je le sais, j'ai regardé l'heure quand le téléphone a sonné — avait été extrêmement bref, aucun de nous n'avait eu envie, ou n'avait pu, parler, Marie m'ayant simplement appelé à l'aide, et moi j'étais resté sans voix, paralysé par l'angoisse qui m'avait envahi en entendant le téléphone sonner en pleine nuit, sentiment encore renforcé, stimulé même, par l'émotion, irrationnelle, violente, qui m'avait submergé quand j'avais reconnu la voix de Marie — immédiatement l'embarras, la gêne, la culpabilité. Car, alors même que je reconnaissais la voix de Marie au téléphone, mon regard était posé sur le corps d'une jeune femme qui dormait à côté de moi dans ma chambre, je voyais son corps immobile allongé dans la pénombre, elle ne portait pour tout vêtement qu'une petite culotte en soie bleu pâle. Je regardais son flanc nu, la ligne de ses hanches. Je regardais Marie sans comprendre (Marie, elle s'appelait Marie elle aussi), et, dans un sentiment d'étourdissement et de vertige, j'entrevis alors l'étendue de la confusion dans laquelle je vivrais les dernières heures de cette nuit. Certes, je faisais clairement la distinction entre Marie et Marie — Marie n'était pas Marie —, mais j'eus immédiatement l'intuition que je ne parviendrais pas à me dédoubler moi-même, et être à la fois celui que j'étais pour cette Marie qui était dans mon lit et celui que j'étais pour Marie — son amour (même si nous ne vivions plus ensemble depuis que je m'étais installé dans ce petit deux-pièces de la rue des Filles-Saint-Thomas à notre retour du Japon).

Il était deux heures et demie du matin quand je quittai le petit deux-pièces de la rue des Filles-Saint-Thomas pour rejoindre Marie. Dehors, le ciel était sombre, noir, immense, invisible, sans autre horizon que la ligne de pluie qui tombait sans discontinuer dans la lumière jaune des réverbères. Je m'étais jeté dans l'averse, le col de la veste relevé, et je m'étais éloigné vers la place des Victoires, courbé contre la pluie, qui m'entrait dans les yeux. Le tonnerre grondait au loin, à intervalles réguliers, et la pluie s'accumulait en bouillonnant dans les bouches d'égouts engorgées, dégringolait dans les rigoles avec l'impétuosité de petits torrents urbains débondés et sauvages. J'atteignis la place de la Bourse en pleine nuit, silencieuse, abandonnée, les hautes colonnades du palais Brongniart illuminées dans les ténèbres. L'esplanade était déserte, sur laquelle un rideau de pluie oblique tombait avec fracas dans une immense flaque noire brouillée d'éclats de gouttes dont le vent chiffonnait la surface. Je ne voyais pas à dix mètres, je ne savais pas où j'allais, je serrais ma veste entre mes bras dans un geste de protection dérisoire. Je prenais de mauvaises directions et je revenais en courant sur mes pas, je manquais de perdre l'équilibre sur les trottoirs glissants. Des reflets de lumière de lampadaires se réverbéraient ici et là sur l'asphalte mouillé, et, de temps à autre, dans l'espèce de brouillard aqueux que la pluie formait devant mes yeux, j'apercevais les phares fantomatiques d'une voiture qui passait au loin, au ralenti, lentement, barbotant dans l'eau qui entravait ses roues, tous phares allumés dans le déluge.

Je courais encore quand j'arrivai en vue de la place des Victoires, j'aperçus soudain à l'horizon la ligne des façades anciennes et des réverbères à trois lampes qui scintillaient sous la pluie battante, avec, au centre de la place, cabrée, immense, la statue équestre de Louis XIV qui semblait fuir l'orage. Mon inquiétude devint de l'affolement quand je débouchai rue de La Vrillière et que j'aperçus dans la nuit des lueurs de gyrophares devant chez Marie. Je fis les derniers mètres les jambes flageolantes, trempé de la tête aux pieds, encore en mouvement, ému, essoufflé, le souffle court, le cœur battant, mais ne courant plus, marchant, lentement, à contrecœur, de mauvaise grâce, comme si je retenais mes pas, ne voulant plus y aller, imaginant le pire, un accident, une agression nocturne, et, pensant alors à Marie dans un terrible élan d'angoisse et d'affection mêlées, il me revint en mémoire cette nuit où nous avions été réveillés en sursaut par une alarme qui retentissait dans la rue de La Vrillière. Nous ne nous étions pas levés tout de suite, croyant qu'il s'agissait d'une de ces alarmes de voiture qui se déclenche parfois spontanément dans la nuit en ulcérant les oreilles des riverains pendant quelques minutes avant de se tarir aussi mystérieusement, mais l'alarme de cette nuit, plus stridente, plus inquiétante — je n'en avais jamais entendu de semblable, elle évoquait plutôt une sirène de catastrophe inconnue, qui aurait retenti dans la nuit pour alerter la population de quelque accident nucléaire — ne cessa qu'au bout de quarante minutes, c'est dire si, dans l'intervalle, Marie et moi avions eu le temps de nous lever et de nous rendre à la fenêtre, Marie vêtue d'un de ces amples tee-shirts grisouilles qu'elle portait en guise de pyjama, somnolente, les yeux ensommeillés, les joues chaudes, je sentais contre moi l'arôme tiède de ses chairs endormies. Côte à côte à la fenêtre, nous avons vécu là de merveilleux moments de complicité et de tendresse silencieuses, je lui avais pris la taille et nous regardions les murs sombres de la Banque de France en face de nous en échangeant de temps à autre un regard amusé, observant ce qui se passait sans chercher à comprendre, dans un état de suspension du temps extraordinairement dynamique, un rien, un vide potentiellement chargé d'une énergie invisible qui semblait pouvoir exploser à tout moment, un rien constamment nourri par de nouveaux éléments, épars, minuscules, anodins, qui survenaient à intervalles réguliers pour relancer la tension et nous empêcher d'aller nous recoucher, l'arrivée d'une voiture de police dans la nuit, par exemple, qui s'était garée devant la Banque de France, deux ou trois gardiens de la paix qui en étaient sortis et avaient établi un vague cordon de sécurité devant la banque, ou encore, dix minutes plus tard, l'ouverture du lourd portail en bronze de la Banque qui s'était entrebâillé lentement, sans que rien ne s'en suive, un vigile avait simplement passé la tête dehors dans la nuit et ce fut tout, le lourd portail en bronze s'était refermé derrière lui, laissant à nouveau planer sur la rue déserte une menace diffuse d'autant plus efficace qu'elle était invisible. Je n'ai d'ailleurs jamais su ce qui s'était réellement passé, j'ai feuilleté les journaux dans les jours qui ont suivi, mais je n'ai jamais rien trouvé de relatif à l'incident, et je ne garde de cette nuit qu'un souvenir délicieusement sensuel de complicité silencieuse avec Marie.

J'étais encore à trente mètres de l'immeuble, et je ne courais plus maintenant, je marchais vite, accélérant le pas et ralentissant tout à la fois, dans le même mouvement contradictoire, la même impulsion, la même foulée contrariée. Mon élan initial avait été brisé net par la peur que j'avais ressentie en apercevant les gyrophares devant l'immeuble de Marie et j'avais alors brusquement ralenti l'allure, l'appréhension paralysant mes derniers pas, les retenant, les alourdissant. Je continuais à avancer, et je devinais de la lumière derrière les vitres mouillées de l'ambulance, une lumière jaune dans cet espace d'intimité secret où sont allongés les blessés, quand je vis soudain la porte cochère de l'immeuble s'ouvrir devant moi. Je n'aperçus d'abord qu'un bras, blanc, d'infirmier qui retenait la porte, puis je vis les autres infirmiers sortir à leur tour, ils étaient quatre ou cinq en tunique blanche, et il y avait une forme humaine sur le brancard, ma poitrine se contracta quand je vis qu'il y avait quelqu'un sur le brancard — quelqu'un qui pouvait être Marie, car je ne savais rien de ce qui était arrivé, Marie ne m'avait rien dit au téléphone —, mais ce n'était pas Marie, c'était un homme, je voyais ses chaussettes qui dépassaient de sous une mauvaise couverture qui recouvrait son corps. Je ne voyais que des détails, isolés, agrandis, sortis de leur contexte et attrapés au vol, les chaussettes, sombres, omniprésentes, comme si cet homme se réduisait désormais à ses chaussettes, le poignet, terrible, où était fixée la perfusion, un poignet livide, jaunâtre, cadavérique, le visage, blanc, sur lequel j'avais porté plus particulièrement mon attention, scrutant les traits et essayant de le reconnaître, mais en vain, un visage simplement invisible, qui disparaissait sous le masque à oxygène. La forme ne bougeait pas, le torse dénudé, une veste noire jetée en travers de la civière et une mallette calée contre un montant du brancard. J'étais là, immobile sur le trottoir, quand je sentis l'onde immatérielle d'une présence. Je levai les yeux et aperçus Marie à la fenêtre, accoudée au deuxième étage de l'immeuble, Marie, le regard fixe, qui ne se détachait pas du brancard et je compris alors la situation d'un coup. À la seconde, je sus avec certitude que l'homme étendu sur le brancard avait passé la nuit avec Marie et que c'était à lui qu'il était arrivé quelque chose et non pas à Marie (Marie, elle, n'avait rien, Marie était sauve). Et c'est alors que Marie m'aperçut, nos regards se croisèrent un instant dans la nuit, cela faisait plus de deux mois que nous ne nous étions pas vus.

J'étais entré dans l'immeuble, j'avais passé la porte cochère et je m'étais engagé dans les escaliers pour rejoindre Marie. La porte de l'appartement était restée ouverte sur le palier, et j'étais entré dans l'appartement, j'avais suivi le couloir sans bruit. En pénétrant dans la chambre, j'avais tout de suite remarqué la présence d'une paire de chaussures près du lit. C'était la seule trace qui demeurait de la présence de l'homme dans la pièce. Pour le reste, tout avait disparu, plus rien ne témoignait de son passage, pas le moindre vestige des soins qui lui avaient été prodigués moins de cinq minutes plus tôt, pas l'ombre d'un flacon ou d'une compresse oubliés sur le sol. Je regardais cette paire de chaussures au pied du lit, abandonnée et en désordre (l'une était droite et l'autre avait versé sur le parquet), des chaussures italiennes allongées, élégantes, puissantes et en même temps effilées, en peau précieuse, du cuir ou de la vachette, une paire de richelieux classiques à la fois fermes et souples, sans doute très confortables, fidèles à la réputation d'excellence des chaussures italiennes dont les meilleures passent pour être de véritables gants de pied, une couleur indéfinissable, quelque chose de daim ou de chamois, les lacets très fins, durs comme du fil de pêche, l'empeigne veloutée, légèrement pelucheuse, étayée de multiples petites perforations décoratives qui soulignaient discrètement la ligne surpiquée des coutures, avec, tracée dans la doublure — la doublure neuve, qui devait encore garder une très légère odeur de cuir frais — une très discrète et quasi subliminale inscription dorée. Je regardais ces chaussures vides, abandonnées au pied du lit, c'était tout ce qui demeurait de cet homme dans la chambre. De lui, comme dans une image mythologique d'homme foudroyé, ne subsistaient que ses chaussures.

Marie m'avait entendu entrer dans la chambre, mais elle ne s'était pas retournée. Elle m'avait laissé venir à elle, et nous n'avions rien dit, nous étions restés côte à côte à la fenêtre et nous avions regardé l'ambulance repartir dans la nuit. Elle s'était éloignée vers la Seine, l'écho de la sirène avait décliné peu à peu, s'était amenuisé et avait fini par disparaître. Marie, alors, très lentement, s'était approchée de moi, sans force, somnambulique, m'avait touché l'épaule sans un mot pour me remercier implicitement d'être venu la rejoindre.

J'étais trempé, je dégoulinais, les manches de ma veste ruisselaient, une mince flaque d'eau s'était formée à mes pieds sur le parquet. Tant que j'étais dehors, je n'avais rien senti, je ne me rendais même pas compte que j'étais mouillé. Ma veste était informe, une loque qui pendouillait le long de mes flancs, ma chemise était plaquée contre mon torse, les vêtements imbibés de cette pluie sirupeuse qui alourdissait les tissus, même les chaussettes clapotaient à l'intérieur de mes chaussures, en me laissant cette détestable sensation physique d'avoir les chaussettes mouillées. Je retirai mes chaussures et mes chaussettes, que j'abandonnai par terre près de la fenêtre, et je m'avançai pieds nus dans la chambre, les bras légèrement écartés pour m'égoutter, laissant des traînées de pluie partout dans mon sillage. J'avais entrouvert ma chemise mouillée qui me collait à la peau, et je regardais autour de moi dans la chambre. L'aménagement de la pièce avait quelque peu changé depuis mon départ, il y avait un nouveau bureau, mais, dans l'ensemble, la chambre avait la même allure que quand je l'avais quittée. Je reconnus ma commode, qui était toujours à la même place, avec mes vêtements sans doute encore à l'intérieur, le gros de mes vêtements que je n'avais pas encore eu le temps de déménager. Je m'accroupis devant le meuble et j'ouvris les tiroirs, jetai un coup d'œil sur les vêtements, un désordre de pulls, de chemises, de pyjamas, un pauvre vieux maillot de bain à l'élastique distendu. Je pris une chemise, choisis du linge de rechange, que je posai sur une chaise, et j'entrepris de me changer.

Marie avait refait sommairement le lit et elle s'était assise contre le mur en fumant une cigarette dans la pénombre, les jambes en Z sous son tee-shirt XL. Elle n'avait laissé qu'une seule lampe allumée près du lit, qui n'éclairait presque rien. Elle demeura longtemps silencieuse, abattue, les yeux dans le vague, puis elle commença à me parler de Jean-Christophe de G. d'une voix douce, sans me regarder, tirant une bouffée de cigarette de temps à autre, elle me raconta qu'elle avait fait sa connaissance à Tokyo au début de l'année lors du vernissage de son exposition au *Contemporary Art Space* de Shinagawa, elle me parlait de ses activités, multiples, liées à la fois aux affaires et au monde de l'art, me dit qu'elle l'avait revu quelques fois à Paris à son retour du Japon, trois ou quatre fois dans les premiers mois, puis que cela s'était espacé, qu'ils avaient passé un week-end ensemble à Rome, mais qu'ils ne se connaissaient pas tellement, dans le fond. Marie m'expliquait cela sans imaginer que cela pouvait m'être pénible à entendre, et je ne disais rien, je ne posais pas de question. J'avais enlevé ma veste et ma chemise, et je l'écoutais en me séchant le dos dans une ample serviette de bain blanche. Je fis glisser mon pantalon le long de mes cuisses, le tissu adhérait à la peau, j'avais du mal à le décoller, puis j'ôtai mon caleçon, que je laissai tomber par terre à mes pieds. Marie continuait à parler, on sentait qu'elle avait besoin de parler, de se confier, de revenir sur les événements de la nuit, sur certains signes avant-coureurs qui auraient pu l'alerter, une fatigue générale, des essoufflements, des vertiges, un premier malaise qu'il avait eu au restaurant. J'étais nu dans la pénombre et je ne l'écoutais plus vraiment, je me séchais la nuque, les flancs, je me passais la serviette sur les cuisses, je me frictionnais l'entrejambe (et je ne disconviendrai pas que c'était très agréable).

J'étais encore en train de boutonner ma chemise, les jambes nues sur le parquet, lorsque j'aperçus mon reflet dans le miroir de la cheminée, un de ces grands miroirs dorés des appartements parisiens, le fronton rehaussé d'une flamme décorative en moulure de plâtre qui figure un lacis de feuilles d'acanthes enchevêtrées. Je fis un pas en avant et je vis ma silhouette se déplacer à l'unisson dans les profondeurs patinées du miroir, noircies par endroits, tachetées, mouchetées, mon visage invisible disparaissant dans l'ombre. La chambre, autour de moi, se fondait dans l'obscurité, on devinait les contours estompés des meubles, le bureau de Marie sur lequel l'ordinateur était resté allumé. Je me voyais là, sans visage, dans cette chambre où j'avais vécu près de six ans. Marie se tenait toujours à l'extrémité du lit. D'où j'étais, je n'entendais que sa voix, sa voix neutre, absente, qui m'expliquait que Jean-Christophe de G. était marié et que c'était la raison pour laquelle elle n'était pas partie avec lui dans l'ambulance, par discrétion en quelque sorte, pour que l'on puisse avertir sa femme quand il arriverait à l'hôpital. Mais maintenant elle se demandait comment avoir de ses nouvelles, elle ne savait même pas dans quel hôpital il avait été conduit.

Je fis le tour de la chambre et m'emparai de la bouteille de grappa sur le rebord de la cheminée. Marie releva les yeux vers moi, et je vis son visage se défaire en un instant. Son attitude s'était complètement transformée, l'abattement fit brusquement place à une expression de froideur, quelque chose de distant, de dur, de fermé et de buté, les muscles du visage tendus, les pommettes contractées, cette expression de rage froide et de fureur que je lui connaissais quand elle devait cacher ses sentiments, ou dissimuler ses émotions, au risque de se mettre à pleurer. Elle me regarda soudain méchamment, ce qui fit apparaître au coin de sa bouche de vilaines petites rides d'expression que je ne lui connaissais pas, et un éclair de haine traversa son regard. Pourquoi arrivait-il à chaque fois un moment, quand nous étions ensemble, où, tout d'un coup, toujours, très vite, elle me détestait passionnément.

En me voyant m'emparer de la bouteille de grappa, Marie avait dû se sentir devinée. Elle avait sans doute immédiatement compris que cette bouteille de grappa l'avait trahie, qu'il y avait une inconvenance dans la présence de cette bouteille de grappa cette nuit dans la chambre, une impudeur, une indécence foncière, car, m'étant aperçu de la présence de la bouteille de grappa, je ne pouvais plus ignorer maintenant qu'elle avait bu de la grappa cette nuit en compagnie de Jean-Christophe de G., et, dès lors que je savais qu'elle avait bu de la grappa cette nuit avec Jean-Christophe de G., je pouvais imaginer ce qui s'était passé entre eux dans la chambre. Elle avait immédiatement compris que cette bouteille de grappa était le détail tangible à partir duquel je pourrais imaginer ce qu'elle avait vécu, qu'à partir de ce détail, qu'à partir de cette seule bouteille de grappa, je pourrais reconstituer tout ce qui s'était passé entre eux dans la chambre — et jusqu'à leurs baisers, jusqu'au goût de grappa de leurs baisers —, comme dans les rêves, où un seul élément tiré de la vie réelle la plus intime peut engendrer un flux d'éléments imaginaires dont la réalité n'est pas moins contestable, et que, disposant désormais d'un repère tangible en amont (la bouteille de grappa) et d'un repère visuel en aval (la sortie du brancard dans la nuit dont j'avais été témoin), j'étais désormais en mesure de combler le vide de ce qui s'était passé cette nuit dans l'intervalle, et de reconstituer, de reconstruire ou d'inventer, ce que Marie avait vécu en mon absence.

Marie demeura encore un long moment assise, silencieuse, pensive, les bras croisés, fixant avec une expression exaspérée mes vêtements mouillés sur la commode, puis elle se releva d'un coup et voulut me faire déplacer le meuble, ma commode, tout de suite, toutes affaires cessantes. Cela n'avait que trop duré, cinq mois qu'elle supportait cette horreur dans sa chambre, on allait la descendre à la cave immédiatement, cela ne pouvait pas attendre une seconde de plus, souffrir le moindre délai supplémentaire. Ce n'était pas une suggestion, c'était un ordre. Elle ne pouvait plus le voir, ce bahut, elle disait « bahut » elle appelait ma commode « bahut » avec un dégoût non dissimulé, le mépris qu'elle éprouvait pour le meuble semblait s'être étendu au mot lui-même : bahut. Bahut. Elle se dirigea vers le bahut, les cuisses nues dans son tee-shirt blanc trop large pour elle, et elle essaya de le soulever, rageusement, d'une main, n'importe comment, mais le meuble n'avait aucune prise, ni sur les côtés, ni aux poignées, de simples renflements décoratifs du bois qu'il était impossible d'agripper fermement. Je m'approchai pour l'aider et, me plaçant de l'autre côté, nous soulevâmes le meuble du sol, d'une dizaine de centimètres à peine, difficilement, il était extrêmement lourd, avant de le reposer aussitôt, Marie le lâcha, le laissa carrément retomber, ne fit aucun effort pour le retenir, il s'écrasa violemment par terre, l'angle des pieds heurtant le sol en taillant une encoche dans le parquet. Marie fit un petit bond sur le côté et sursauta, pieds nus, elle perdait patience, elle devenait enragée, elle me dit que je voyais bien qu'on ne pouvait pas le transporter comme ça, qu'il était trop lourd, qu'il fallait le vider, et, ouvrant les tiroirs, elle commença à s'emparer de mes vêtements qu'elle se mit à jeter par terre à grandes brassées en me disant de dégager mes affaires, de virer mon bazar du bahut.

Puis elle ne dit plus rien, elle n'avait plus rien dit, elle m'avait regardé faire, le regard vide, debout, la tête baissée, avec une impatience à l'arrêt, en suspens. Sa rage était devenue de l'abattement, une tristesse froide, un accablement passif, elle n'avait plus de force, elle renonçait, elle s'en remettait à moi. J'avais essayé de la calmer, de l'apaiser, j'avais terminé de vider entièrement le meuble, tiroir après tiroir, confectionnant des piles plus ou moins régulières de vêtements sur le parquet, tee-shirts, pulls, chemises, un amas désordonné de sous-vêtements, de gants, d'écharpes, de bonnets, puis d'autres tas, plus petits, épars, disparates, hétérogènes, une ceinture, des cravates affaissées, le vieux maillot de bain moule-bite à l'élastique distendu, dont la présence ridicule et touchante sur le sol de la chambre m'humiliait. On aurait dit les misérables fringues d'occasion d'un pathétique étal de brocante installé là dans la pénombre de la chambre, et je trouvais qu'il y avait quelque chose de macabre dans cette exposition, comme si les vêtements, quand ils ne sont pas portés, signifient l'absence ou la disparition de celui à qui ils appartiennent. Mais n'était-ce pas précisément de cela qu'il s'agissait, de ma disparition, de l'effacement en cours des dernières traces de ma présence dans cette chambre où j'avais vécu plusieurs années.

Nous nous étions mis en route, nous portions le bahut à bout de bras, lentement, mais nous ne parvînmes pas à passer la porte à la première tentative. Nous dûmes le reposer par terre et l'incliner, le soulever, en biais, pour passer l'encadrement et accéder au couloir. Courbés sous le poids du meuble, à peine vêtus l'un et l'autre, Marie en tee-shirt et moi en chemise et les jambes nues, nous progressions laborieusement dans le couloir à petits pas glissés. Marie ne disait rien, mais elle s'était calmée, elle était silencieuse, appliquée, concentrée sur sa tâche, elle soufflait un étroit filet d'air vers le haut entre ses lèvres pour essayer de retirer une mèche de cheveux qui lui tombait dans les yeux. Elle finit par relever la tête pour me prendre à témoin (mais je ne pouvais lui être d'aucun secours, ayant moi aussi les mains prises), et elle me sourit, elle m'adressa un timide sourire de connivence par-dessus le meuble, qui illumina ses lèvres et ses pupilles, peut-être le premier sourire qu'elle m'adressait depuis cinq mois. Nos regards se croisèrent et nous nous rendîmes soudain compte du ridicule de la situation, de l'aberration qu'il y avait à descendre ce bahut à la cave en pleine nuit. Nous nous souriions dans la pénombre et nous continuions de progresser dans le couloir, les corps de chaque côté du bahut que nous transportions à l'unisson, soudés, solidaires, très près l'un de l'autre, comme si nous dansions, entraînés par la dynamique propre du meuble qui, à l'instar d'un chant, ou d'une musique, nous imposait son rythme et nous dictait son allure, à moins d'un mètre de distance l'un de l'autre, quasiment enlacés dans la promiscuité intime de la manutention. Il y avait non seulement de la complicité entre nous, mais déjà de la tendresse, et même davantage, un commencement de rapprochement, une attraction qui passait par les yeux et que nous sentions monter vers nos mains, un attrait invisible, une aimantation, très forte, lourde, puissante, inéluctable, comme si, depuis cinq mois que nous étions séparés, n'avait cessé de travailler en nous de façon souterraine l'énergie de l'élan irrésistible qui ne pouvait que nous jeter dans les bras l'un de l'autre cette nuit. Le choc violent qu'avait subi Marie ne pouvait trouver d'apaisement que dans une étreinte, elle avait un besoin physique irrépressible de réconfort, d'être touchée, serrée, de se sentir aimée pour apaiser les tensions qui l'oppressaient, et j'avais sans doute le même besoin de réconfort en raison de l'immense inquiétude que j'avais ressentie au sujet de Marie, j'avais le même besoin de la toucher et de l'étreindre depuis que je l'avais rejointe à la fenêtre de la chambre et que j'avais été incapable de la prendre immédiatement dans mes bras pour la consoler, son corps serré très fort contre le mien. Nous nous étions arrêtés dans le couloir, nous avions posé le meuble à nos pieds, et nous nous regardions dans la pénombre, nous ne disions rien, mais nous nous comprenions, nous nous étions compris. Je l'aimais, oui. Il est peut-être très imprécis de dire que je l'aimais, mais rien ne pourrait être plus précis.

Je ne sais pas si c'est moi qui ai commencé à contourner le meuble pour la rejoindre, à faire prudemment le dernier mètre qui me séparait d'elle, ou si c'est elle qui m'a invité implicitement à la rejoindre en faisant un pas de côté, mais nous nous faisions face maintenant, nous ne bougions plus dans la pénombre du couloir, nous nous regardions en silence avec une infinie gravité dans le regard. Je pensais que nous allions nous embrasser, mais nous ne nous sommes pas embrassés, nos langues ne se sont pas unies ni nos lèvres ne sont entrées en contact, nous nous sommes seulement frôlés dans l'obscurité, effleurés des joues et caressés du cou, comme des chevaux tremblants, effarouchés et émus. Sans oser nous toucher, le bout des doigts plein d'égards, de réserve, de douceur et de délicatesse, comme si nous étions trop fragiles, ou si la surface de nos corps était brûlante, ou que le contact de l'autre était interdit, dangereux, déplacé, impensable ou tabou, nous nous caressions simplement de l'extrémité des doigts et du bord des épaules, les yeux égarés et les sens aux aguets, je m'étais approché d'elle pour humer doucement la peau de sa nuque. Puis, comme l'eau trop longtemps retenue d'un barrage qui se libère enfin, nous nous étions soudain violemment étreints, nous laissant aller à la retrouvaille des corps, nous enlaçant dans un abandon complet des poitrines et des âmes, serrant mutuellement nos corps fragilisés pour puiser chez l'autre la chaleur, le réconfort et la consolation, les bras soudain multipliés, empressés, imprécis, les mains douces, fiévreuses, tâtonnantes, je lui caressais les épaules, je lui touchais les joues, le front, les tempes. Je passais mes mains sur son visage, et je la regardais. La main et le regard, il n'est jamais question que de cela dans la vie, en amour, en art.

Nous avions fermé les yeux et nous nous enlacions, nous nous serrions éperdument l'un contre l'autre, mais nous ne nous embrassions pas, nous ne pouvions pas nous embrasser, un interdit nous en empêchait, une règle tacite, impérieuse, invisible, trop de choses survenaient en même temps, trop de sentiments, de douleur, d'inquiétude et d'amour, qui se mêlaient dans nos cœurs, il dut y avoir une pause, une respiration pour reprendre notre souffle, elle remit en place une mèche de ses cheveux, et dans ses yeux alors, j'ai vu briller la liberté et la lubricité. Marie, en face de moi, adossée au mur, cambrée, les cuisses nues dans son tee-shirt blanc, me regardait avec défi — il y avait du défi dans son regard, quelque chose de mutin, d'abandonné, de sexuel et de sauvage. Elle se laissa de nouveau glisser contre le mur pour accueillir mon corps, je l'avais rejointe, je sentais en transparence sous mes doigts le contact étouffé et comme atténué des poils de son pubis à travers la très fine épaisseur de tissu du tee-shirt. Elle était nue sous son tee-shirt, j'avais passé la main sous le vêtement et je sentais la peau frémissante de son ventre sous mes doigts, nous nous fondions l'un contre l'autre, inconscients de nous-mêmes, j'entendais le souffle gémissant de son désir dans le creux de mon cou, ses cuisses étaient chaudes, je caressais son ventre et je glissai un doigt dans son sexe, doucement, et je sentis un frisson de chaleur, d'humidité et de douceur, qui me parcourut le corps.

Cela n'avait duré qu'un instant, et Marie s'était dérobée avec grâce, elle s'était défaite de mon étreinte, elle me regardait avec douceur dans la pénombre. Des larmes avaient coulé de ses yeux pendant que je l'étreignais, et elle ne les avait pas retenues, elle ne les avait pas essuyées, des larmes silencieuses, quasiment invisibles, des larmes qui avaient glissé le long de ses joues avec le naturel inconscient d'un battement de cœur ou d'une respiration. Marie, en face de moi, émouvante, les yeux humides dans la pénombre, Marie, écartelée entre des pulsions contradictoires, d'élan passionnel et de retenue mêlés, Marie qui avait eu à la fois, et autant, besoin de s'abandonner à mon étreinte que de s'y soustraire, Marie qui avait eu besoin de se serrer de toutes ses forces contre mon corps pour y puiser le réconfort et qui n'avait pas cherché à résister au désir physique qu'elle avait senti monter en elle quand je l'avais prise dans mes bras, Marie qui m'avait aimanté, du défi dans le regard, pour que je la caresse, en même temps qu'elle se dégageait presque aussitôt de mon étreinte, qu'elle la dénouait avec pudeur, comme si elle prenait simplement conscience qu'il était impossible de s'aimer maintenant.

Je ne m'en étais pas rendu compte immédiatement, pas tout de suite, ni dans les minutes qui suivirent, mais plus tard, brusquement, à l'improviste, dans une sorte de panique et de vertige — malgré la difficulté, voire l'impossibilité de recouvrir de mots ce qui avait été la vie même, ce qui, dans le cours de la vie, m'était advenu dans un enchaînement naturel de faits inéluctables et silencieux, mais qui, dès lors qu'il fallait le formuler, devenait soudain incompréhensible, ou honteux, comme, peut-être, certains homicides évoqués devant une cour d'assises, qui avaient pu sembler s'inscrire dans une réalité plausible quand ils s'étaient produits, mais devenaient purement aberrants, indicibles et abstraits, avec le recul du temps, dès lors qu'ils étaient placés dans la lumière implacable des mots —, il me vint à l'esprit que c'était la deuxième fois, cette nuit, que j'introduisais mon doigt dans le corps d'une femme.

Lorsque je regagnai le petit deux-pièces de la rue des Filles-Saint-Thomas, je trouvai l'appartement vide, Marie n'était plus là. Le lit était vide, les draps en désordre dans la lumière grisâtre qui entrait par la fenêtre entrouverte, le drap du dessus chiffonné, torsadé et en boule, qui était tombé par terre. Je m'approchai pour le ramasser et j'aperçus alors au creux du lit, sur le drap restant qui recouvrait le matelas, deux ou trois gouttes de sang séché. Ce n'était pas des taches rondes, rouges et régulières, mais plutôt deux traînées parallèles, une grande et une petite (la petite comme un écho jumeau et amoindri de la plus grande), qui, du fait d'un contact ou d'un frottement, s'étaient étirées sur le drap sur une longueur de deux ou trois centimètres, la marque était déjà presque effacée, les contours passés et diffus, des traînées qui s'étaient comme fossilisées dans le coton blanc du drap en laissant dans mon lit deux empreintes pâles et brunâtres en forme de petits céphalopodes allongés ou de pattes carapacées de crustacés.

Marie, l'autre Marie, m'avait dit cette nuit, j'avais compris, elle m'avait fait comprendre, cela n'avait pas été dit explicitement quand nous étions rentrés après le restaurant dans le petit deux-pièces de la rue des Filles-Saint-Thomas, mais elle avait gardé sa petite culotte tout au long de la nuit et je n'avais pas non plus cherché à la lui enlever, j'avais compris sans qu'elle me dise rien, nous nous étions embrassés sur le lit quand nous étions rentrés, nous avions trop chaud, nous transpirions dans le lit trop étroit, l'un et l'autre en sueur, le dos moite qui collait contre les draps, je l'avais caressée dans la lourde obscurité de la nuit qui ne laissait pas entrer un souffle d'air dans la pièce, malaxant avec douceur le tissu délicat de sa petite culotte en soie bleu pâle qui se distendait et se déformait sous mes caresses, la pluie tombait avec violence par la fenêtre ouverte, et nous nous étreignions à demi nus dans le lit trop étroit, les yeux fermés derrière lesquels j'entendais gronder l'orage comme à l'île d'Elbe, je ne savais plus où j'étais, je ne savais plus avec qui j'étais, ébauchant avec l'une des gestes que j'aurais terminés avec l'autre, égaré dans le registre limité des gestes de l'amour — caresses, nudité, obscurité, humidité, douceur —, et ce n'est que plus tard que je m'étais rendu compte qu'il y avait, sur le bout de mon doigt, un peu de sang menstruel.

Et, déroulant alors mentalement le fil rouge de ces quelques gouttes de sang qui s'étaient déposées sur mon doigt, je me représentai que ce sang avait accompli cette nuit une boucle insensée qui partait de Marie pour me conduire à Marie. Ce sang qui, très vite, n'avait plus dû avoir ni couleur ni consistance ni viscosité quelconque, ni même aucune réalité matérielle, tant les divers contacts avaient dû se multiplier avec les tissus et avec ma peau, avec l'air ambiant, avec les draps et avec mes vêtements, chaque contact ayant dû les atténuer un peu plus, les amoindrir et les estomper, et la pluie finir de les diluer complètement, ces quelques particules de sang qui, si elles n'existaient plus matériellement, gardaient une existence symbolique indélébile, je pouvais en refaire mentalement le parcours depuis le corps de Marie où elles avaient pris leur source et les suivre à la trace tout au long des endroits où je m'étais rendu par la suite cette nuit, car j'avais dû les transporter avec moi partout où je m'étais déplacé, depuis la chambre du petit deux-pièces de la rue des Filles-Saint-Thomas, sur le palier de l'immeuble, dans les escaliers, et bientôt dans la rue, dans Paris, dans la rue Vivienne, dans la rue Croix-des-Petits-Champs, dans l'orage et la pluie, comme si l'eau et le feu avaient accompagné la course folle de ces particules de sang invisibles que je transportais sur mon doigt dans la nuit pour rejoindre Marie.

Je regardais ces quelques gouttes de sang séché sur mon lit, je savais très bien de quoi il s'agissait, mais, dans une sorte de vertige et de confusion mentale, j'associai alors ce sang à Jean-Christophe de G., comme si ce sang était son sang, comme s'il y avait, dans mon lit, quelques gouttes du sang de Jean-Christophe de G., un sang que Jean-Christophe de G. aurait perdu cette nuit dans l'appartement de Marie, un sang qui lui appartenait, un sang masculin — un sang de drame, de violence et de mort — et non pas le sang féminin que c'était, non pas un sang de douceur, de féminité et de vie, mais un sang de désastre, et, dans un brusque accès de frayeur irrationnelle — ou de lucidité —, je compris alors que si Jean-Christophe de G. venait à mourir cette nuit, j'allais devoir m'expliquer sur la présence de ce sang sur mes draps, j'allais devoir dire comment il se faisait qu'il y avait du sang humain dans mon lit, ce sang vertigineux à la fois mort et vivant — ce sang inavouable — qui m'avait fait relier Marie à Marie la nuit de la mort de Jean-Christophe de G.

Marie me téléphona en fin de matinée pour m'apprendre sa mort. Jean-Baptiste est mort, me dit-elle (et je ne sus que répondre, ayant toujours pensé qu'il s'appelait Jean-Christophe).

II

En réalité, Jean-Christophe de G. s'appelait Jean-Baptiste de Ganay — je le sus quelques jours plus tard en tombant sur l'avis de décès que sa famille avait fait paraître dans *Le Monde*. La nécrologie était brève et sobre. Quelques lignes en petits caractères, pas de détail sur les circonstances de la mort. Le nom des proches. Sa femme, Delphine. Son fils, Olivier. Sa mère, Gisèle. Rien de plus, l'avis tenait lieu de faire-part. Je méditai quelques instants sur sa date de naissance, 1960, qui me parut soudain très lointaine, enfoncée dans le passé, déjà lourdement enfouie dans un XXe siècle lointain, brumeux et achevé, qui paraîtrait d'un autre temps aux générations futures, plus encore que pour nous le XIXe siècle, à cause de ces deux chiffres saugrenus au début de chaque date, ce 1 et ce 9 bizarres et désuets, qui rappelaient ces Turbigo ou ces

Alma irréels qui commençaient jadis les numéros de téléphone parisiens. C'était pourtant un homme de notre temps qui était mort, un contemporain dans la force de l'âge, mais sa date de naissance me semblait déjà étrangement démodée, comme périmée de son vivant, une date qui avait mal vieilli, qui n'aurait bientôt plus cours, que le temps ne tarderait pas à recouvrir de sa patine et qui portait déjà en elle, comme un poison corrosif dissimulé en son sein, le germe de son propre estompement et de son effacement définitif dans le cours plus vaste du temps.

J'ai longtemps pensé que je n'avais jamais vu Jean-Christophe de G. en dehors de la nuit de sa mort. Cette nuit-là, il m'était apparu durant quelques secondes à peine. Il avait surgi devant moi allongé sur un brancard au sortir de la porte cochère de l'immeuble de la rue de La Vrillière comme une figure de rêve, ou de cauchemar, un spectre spontanément apparu du néant, qu'il paraissait n'avoir quitté qu'un instant pour y retourner à jamais, l'image, immédiatement complète, cohérente et détaillée, s'étant soudain matérialisée devant moi à partir de rien, rien ne l'ayant précédée et rien ne la suivant, comme créée *ex nihilo* de la substance même de la nuit — l'apparition soudaine sous mes yeux de cet homme inerte allongé sur un brancard, le visage d'un blanc effrayant disparaissait sous un masque à oxygène, qui n'avait déjà presque plus rien d'humain et qui semblait tout entier réduit à ses chaussettes, devenues son blason et ses couleurs, noires, fines, fragiles, en fil d'Écosse, dont je peux encore aujourd'hui estimer mentalement la texture et l'éclat, la pâleur de leur noir ! Je croyais, sur l'instant, que c'était la première fois que je le voyais, mais je l'avais déjà vu quelques mois plus tôt à Tokyo. C'est ce jour-là sans doute, à Tokyo, que j'avais vu Jean-Christophe de G. pour la première fois, je l'avais aperçu à l'improviste aux côtés de Marie, non pas au bras de Marie, mais c'était tout comme, ils étaient ensemble, cela m'avait sauté aux yeux, un homme plus âgé qu'elle, quarante ans passés, pas loin de cinquante ans, avec beaucoup d'allure, de la classe, élégant, vêtu d'un grand manteau de cachemire noir, une écharpe sombre, les cheveux clairsemés coiffés en arrière. C'est la seule image qu'il me reste de lui, mais son visage est absent et le restera sans doute à jamais, car je n'ai jamais vu de photo de lui par la suite.

Dans les jours qui suivirent la mort de Jean-Christophe de G., je cherchai son nom sur

Internet et je fus surpris de trouver de nombreuses occurrences qui le concernaient, lui personnellement, ses ascendants et sa famille. Je pus recouper ces notes avec les quelques informations que Marie m'avait communiquées à son sujet, les rares confidences qu'elle m'avait faites sur leurs relations. La nuit même de sa mort, Marie m'avait fait part des circonstances dans lesquelles elle avait fait sa connaissance à Tokyo, lors du vernissage de son exposition au *Contemporary Art Space* de Shinagawa. Pour plusieurs raisons, que l'on peut aisément comprendre, Marie n'avait pas souhaité me parler davantage de Jean-Christophe de G. dans les jours qui suivirent, elle était encore choquée, elle restait réticente à aborder les questions qui le concernaient, mais quelques confidences involontaires lui avaient néanmoins échappé lors d'un dîner que nous fîmes au début de l'été avant son départ pour l'île d'Elbe, des confessions plus intimes qu'elle regretta par la suite de m'avoir faites, des indiscrétions sur leurs relations privées, dont je m'étais immédiatement emparé pour les poursuivre en imagination. Marie m'avait également fait des aveux au sujet de l'affaire qui avait assombri les derniers mois de la vie de Jean-Christophe de G. J'avais alors complété les détails qui manquaient et j'avais rempli les zones d'ombre sur les parties les plus troubles de ses activités, sans négliger les médisances et les rumeurs, portant crédit à des informations insidieuses qui étaient sorties dans la presse de façon malintentionnée, sans preuve ni vérification complémentaire — car rien, jusqu'à ce jour, ne prouvait que Jean-Christophe de G. eût jamais enfreint sciemment la légalité.

Parfois, à partir d'un simple détail que Marie m'avait confié, qui lui avait échappé ou que j'avais surpris, je me laissais aller à échafauder des développements complets, déformant à l'occasion les faits, les transformant ou les exagérant, voire les dramatisant. Je pouvais me tromper sur les intentions de Jean-Christophe de G., je pouvais douter de sa sincérité quand il affirmait avoir été abusé par un membre de son entourage. J'étais sans doute capable de prêter foi à des rumeurs malveillantes et à amplifier les soupçons qui le concernaient. Je ne sais pas jusqu'à quel point il était impliqué personnellement dans l'affaire qui lui était reprochée, et j'ignore si les bruits de chantage dont il aurait été victime étaient fondés (mais Marie m'avait quand même confié un soir qu'elle avait eu le sentiment qu'il portait une arme dans les derniers jours de sa vie). Je me trompais peut-être parfois sur Jean-Christophe de G., mais jamais je ne me trompais sur Marie, je savais en toutes circonstances comment Marie se comportait, je savais comment Marie réagissait, je connaissais Marie d'instinct, j'avais d'elle une connaissance infuse, un savoir inné, l'intelligence absolue : je savais la vérité sur Marie.

Ce qui s'est réellement passé entre Marie et Jean-Christophe de G. pendant les quelques mois où ils se sont connus, lors de cette relation qui se résume en fait, si on fait le décompte exhaustif de toutes les fois où ils se sont rencontrés, à quelques nuits passées ensemble, quatre ou cinq nuits, pas davantage, espacées entre la fin janvier et la fin juin (auxquelles s'ajoutent peut-être un week-end à Rome, un ou deux déjeuners et quelques expositions visitées ensemble), personne ne pouvait réellement le savoir. Je pouvais seulement imaginer les gestes de Marie quand elle se trouvait avec lui, je pouvais imaginer son état d'esprit et ses pensées, à partir d'éléments avérés ou déduits, sus ou imaginés, que je pouvais combiner avec certains événements graves et douloureux que je savais avoir été vécus par Jean-Christophe de G., apportant ainsi au moins quelques éléments de vérité incontestable à la mosaïque incomplète et lézardée, pleine de trous, d'incohérences et de contradictions, qu'étaient pour moi les derniers mois de la vie de Jean-Christophe de G.

En vérité, je m'étais mépris dès le début sur Jean-Christophe de G. D'abord, je n'ai cessé de l'appeler Jean-Christophe alors qu'il s'appelle Jean-Baptiste. Je me soupçonne même de m'être trompé volontairement sur ce point pour ne pas me priver du plaisir de déformer son nom, non pas que Jean-Baptiste fût plus beau, ou plus élégant, que Jean-Christophe, mais ce n'était tout simplement pas son prénom, et cette simple petite vexation posthume suffit à mon bonheur (se fût-il appelé Simon que je l'aurais appelé Pierre, je me connais). Par ailleurs, j'avais toujours pensé que Jean-Christophe de G. était un homme d'affaires (ce que, en vérité, il n'était pas exactement), et qu'il travaillait dans le milieu de l'art, que c'était un marchand, un courtier d'art international ou un collectionneur, et que c'était par ce biais qu'il avait fait la connaissance de Marie à Tokyo. Or, s'il est vrai qu'il lui arrivait à l'occasion d'acheter des œuvres d'art (mais plutôt des tableaux anciens, des meubles de style ou des bijoux chez des antiquaires), ce n'était en rien son activité principale. Jean-Christophe de G., comme son grand-père, mais surtout son arrière-grand-père, Jean de Ganay, était une personnalité éminente des courses françaises, éleveur, propriétaire de chevaux et membre de la Société d'Encouragement. C'était à ce titre, comme propriétaire, qu'il s'était rendu au Japon fin janvier avec un cheval qui participait au *Tokyo Shimbun Hai*, et ce n'est que par hasard que, se trouvant à Tokyo à ce moment-là, il avait assisté au vernissage de l'exposition de Marie au *Contemporary Art Space* de Shinagawa. Et c'est là, le soir du vernissage de son exposition, qu'il avait vu Marie pour la première fois, qu'il avait fait sa connaissance et sa conquête (et on peut se demander dans quel ordre, tant cela dut être foudroyant).

Les couleurs de l'écurie de Ganay — casaque jaune, toque verte — avaient été choisies au début du XXe siècle par l'arrière-grand-père de Jean-Christophe de G., qui présida la Société d'Encouragement de 1933 à sa mort. Cette prestigieuse Société, fondée en vue de l'amélioration de l'élevage des races de chevaux en France, avait été créée un siècle plus tôt par Lord Henry Seymour, surnommé Milord l'Arsouille (on ne sait trop d'où lui venait ce plaisant sobriquet, qui évoque la pègre, le faubourg et la canaille, de son passé, de ses pratiques ou de ses mœurs ?), et c'est à elle, la Société d'Encouragement, que l'on doit la modernisation de l'hippodrome de Longchamp, la création des commissaires de course et la mise au point, par prélèvement de salive, des premières techniques, encore rudimentaires, de lutte contre le dopage. Il est d'ailleurs piquant de constater que c'est précisément à un des aïeux de Jean-Christophe de G. que l'on doit l'instauration des premiers contrôles antidopage dans les courses de chevaux, quand on sait combien les six derniers mois de sa vie ont été empoisonnés par l'affaire Zahir, du nom de ce pur-sang engagé dans la *Tokyo Shimbun Hai.*

Ce n'est d'ailleurs pas tant l'échec du cheval à Tokyo que les circonstances de cet échec qui ont dû affecter Jean-Christophe de G. et miner les derniers mois de sa vie. Les insinuations n'avaient pas tardé dès le retour du cheval en France, et le scandale avait été d'autant plus difficile à affronter qu'il n'avait jamais vraiment éclaté. Officiellement, il n'y avait pas d'affaire Zahir, aucune accusation précise n'avait été portée contre le cheval, mais des rumeurs avaient circulé, qui faisaient état d'analyses suspectes et de substances illicites détectées dans ses urines (on n'avait pas parlé ouvertement d'anabolisants, mais de produits écran susceptibles de les masquer), et des liens avaient été établis entre l'entraîneur du cheval et un sulfureux vétérinaire espagnol qui gravitait dans le milieu du cyclisme et de l'haltérophilie (où ses compétences vétérinaires devaient naturellement faire merveille). La raison officielle avancée pour expliquer l'échec de Zahir dans la *Tokyo Shimbun Hai*, et la longue série inexplicable de complications et de malaises qui s'en étaient suivis, est qu'il avait été victime d'un abcès dentaire, qui se serait infecté le jour de la course en raison du frottement du mors et avait nécessité une injection d'antibiotiques et d'anti-inflammatoires non stéroïdiens pour lutter contre la fièvre, mais personne ne pouvait croire, de bonne foi, que la tournée en Asie d'un cheval suivi au quotidien par une équipe de vétérinaires spécialisés ait pu s'interrompre du jour au lendemain pour un simple abcès dentaire. Tous les engagements de Zahir avaient été brusquement résiliés sans explication, sa participation à la *Singapour Cup* et à la *Audemars Piguet Queen Elizabeth II* à Hong Kong purement et simplement annulée, Jean-Christophe de G. avait limogé sur-le-champ son entraîneur et s'était séparé, dans la douleur, de toutes les personnes qui avaient accompagné le cheval à Tokyo, tandis que le pur-sang, dès son retour en France, avait été soustrait aux regards et envoyé se mettre au vert dans le haras du Rabey à Quettehou, dans la Manche, propriété de la famille de Ganay, où on ne l'avait plus revu du reste de l'année.

La décision d'exfiltrer discrètement le cheval du Japon avait été prise d'urgence le lundi matin suivant la course, Jean-Christophe de G. avait annulé tous les engagements de Zahir pour les mois à venir et avait réglé lui-même les modalités du retour du cheval en Europe en une dizaine de coups de téléphone, après quoi il avait appelé un commissaire de la JRA, l'organisme des courses japonais, avec qui il était en étroites relations, craignant de nouvelles complications au passage de la douane. Au terme de cette conversation, il avait pris la décision de rentrer le jour même et d'accompagner personnellement le cheval en Europe. Il avait alors téléphoné à Marie pour lui proposer de rentrer avec lui, et, à sa grande surprise, Marie avait accepté l'offre, sans paraître particulièrement surprise. Mais, après le coup de téléphone, Marie s'était sentie submergée par une vague de nostalgie et de tristesse en se rendant compte qu'elle allait rentrer à Paris sans moi alors que nous étions arrivés ensemble au Japon une semaine plus tôt.

La fenêtre de la chambre d'hôtel de Tokyo était mouillée, barbouillée de gouttes de pluie, qui glissaient lentement sur la vitre en lignes pointillées interrompues, qui s'étaient arrêtées sans raison sur le verre, leur élan brisé net. Marie venait de raccrocher et elle se tenait immobile devant la grande baie vitrée qui donnait sur le quartier administratif de Shinjuku, pensive, le visage grave, elle regardait la ville qui disparaissait entièrement sous une brume pluvieuse, les yeux perdus au loin, avec cette mélancolie rêveuse qui nous étreint quand on se rend compte que le temps a passé, que quelque chose s'achève, et que, chaque fois, un peu plus, nous nous approchons de la fin, de nos amours et de nos vies. Maintenant, à l'heure de quitter Tokyo, Marie pensait à moi — moi avec qui elle avait rompu ici même, dans cette chambre d'hôtel que nous avions partagée le soir de notre arrivée au Japon, cette chambre où nous avions fait l'amour pour la dernière fois, ce lit où nous nous étions aimés, ce lit défait derrière elle où nous nous étions déchirés et étreints. Marie aurait voulu ne plus penser à moi, ni maintenant ni jamais,

mais elle savait très bien que ce n'était pas possible, que je risquais de surgir à tout moment dans ses pensées, comme malgré elle, de façon subliminale, une soudaine réminiscence immatérielle de ma personnalité, de mes goûts, un détail, ma façon de voir le monde, tel souvenir intime auquel j'étais indissolublement associé, car elle se rendait compte que, même absent, je continuais de vivre dans son esprit et de hanter ses pensées. Où pouvais-je bien être à présent, elle n'en avait aucune idée. Étais-je encore au Japon, ou bien étais-je déjà rentré en Europe, ayant moi aussi avancé mon retour ? Et pourquoi ne lui donnais-je pas de nouvelles ? Pourquoi ne lui avais-je plus donné aucune nouvelle depuis mon retour de Kyoto ? Elle ne le savait pas, elle ne voulait pas le savoir. Elle ne voulait plus entendre parler de moi, compris, jamais — basta avec moi maintenant.

Lorsque, en milieu d'après-midi, Jean-Christophe de G. vint chercher Marie à l'hôtel, elle n'était pas prête, la chambre était encore en désordre, le lit défait, les valises ouvertes. Marie était arrivée au Japon avec cent quarante kilos de bagages répartis en diverses malles et cantines, cylindres à photos et cartons à chapeaux, et, si l'intégralité des malles et la plupart des valises ne devaient pas être rapatriées en Europe (car l'exposition au *Contemporary Art Space* de Shinagawa se poursuivait encore plusieurs mois), Marie avait quand même réussi l'exploit d'être presque aussi chargée au retour qu'à l'aller, si ce n'est en poids, tout du moins en volume et en nombre de pièces de bagage, accumulant, autour de ses valises, une ribambelle de sacs de toutes tailles, en cuir, en toile ou en papier, rigide, blanc et cartonné, avec deux poignées en plastique chair renforcées, flasque et rempli de bibelots, ou à l'effigie fleurie de roses rouges épanouies du grand magasin Takashiyama, de cadeaux qu'elle avait reçus et de cadeaux qu'elle allait faire, d'achats de soies sauvages et de tissus précieux, d'obis et de babioles, d'emplettes diverses, de lanternes de papier, d'algues, de thé, en boîte ou en sachet, et même de produits frais, deux barquettes de sashimis de fugu conditionnés sous vide sous un film transparent qu'elle avait conservées dans le minibar de la chambre d'hôtel parmi les canettes de bière et les mignonnettes d'alcool. Jean-Christophe de G. dut l'appeler deux fois dans la chambre depuis la réception, la pressant, avec tact, de bien vouloir se hâter, insistant sur le fait qu'ils étaient pressés, que le cheval et les voitures attendaient. Marie fut alors animée d'un bref élan de hâte spontanée, se dépêchant et multipliant les gestes brouillons de rangement dans un éphémère accès de panique et de bonne volonté (Marie compensait toujours ses retards par une brusque accélération finale dans les derniers mètres qui la faisait arriver en courant, dans une hâte ostentatoire et une précipitation de façade, à des rendez-vous où elle avait souvent plus d'une heure de retard), puis, le naturel revenant au petit trot, elle reprit le cours indolent de ses préparatifs et acheva de remplir rêveusement ses valises sur le grand lit défait, réunissant nonchalamment les sacs près de la porte d'entrée, sans toutefois rien fermer (Marie ne fermait jamais rien, ni les fenêtres ni les tiroirs — c'était tuant, même les livres, elle ne les fermait pas, elle les retournait, ouverts, à côté d'elle sur la table de nuit quand elle interrompait sa lecture).

Jean-Christophe de G. était en train de régler d'ultimes questions relatives au transport du cheval en attendant Marie dans le hall de l'hôtel. Il était assis dans un canapé de la réception en compagnie de quatre Japonais, équipés d'ordinateurs portables et d'agendas électroniques, qui lui avaient été envoyés pour remplacer l'équipe de l'entraîneur limogé afin de superviser l'acheminement du pur-sang vers l'aéroport et veiller au bon déroulement du passage de la douane. Les quatre Japonais étaient identiquement vêtus de blazer bleu marine à écusson de club ou de cercle privé et tenaient conciliabule autour de Jean-Christophe de G., en se transmettant des formulaires et des certificats qu'ils étudiaient en chuchotant. Le van du cheval attendait devant les portes de l'hôtel, on apercevait sa longue silhouette immobile à travers les baies vitrées de la réception, un van en aluminium aux allures de loge de rock star, avec deux petites lucarnes grillagées et secrètes fermées sur les côtés, la carrosserie rutilante et striée, qui brillait sous les lumières dorées du perron de l'hôtel. La porte arrière du van avait été ouverte et le pont abaissé pour renouveler l'air ambiant et laisser le pur-sang respirer, et trois hommes en blouson, hommes de main ou acolytes, montaient la garde à l'entrée du fourgon, en compagnie du chauffeur du van, un vieux Japonais en combinaison de travail grise amidonnée entrouverte sur un nœud de cravate, qui fumait une cigarette en surveillant les abords de l'hôtel. Comme l'arrêt semblait se prolonger plus longtemps que prévu, on en avait profité pour abreuver le cheval, un des élégants Japonais en blazer bleu marine à écusson s'était rendu discrètement aux toilettes avec un seau métallique, neuf, brillant, griffé d'un blason et d'initiales, on eût dit aux couleurs du van, comme si c'était un de ses accessoires, un élément de sa panoplie, et il avait retraversé le hall dignement avec son seau pour regagner le van, la démarche raide, cérémonieuse, les mains recouvertes de gants transparents antiseptiques de chirurgien (sans que l'on sût exactement s'il avait été remplir un seau dans les toilettes de l'hôtel, ou s'il avait plutôt été vider à la poubelle un vieux seau rempli de crottin et de foin compissé pour rafraîchir la litière).

Dès que Jean-Christophe de G. aperçut Marie dans le hall — elle avançait lentement, droit devant elle, le visage absent et les yeux pâles dans la lumière des lustres, des employés de l'hôtel en livrée noire dans son sillage, qui la suivaient avec deux chariots dorés qui contenaient la montagne hétéroclite de ses bagages —, il interrompit sa petite réunion improvisée et se leva avec empressement pour aller à sa rencontre, la débarrassant avec sollicitude du petit sac en plastique qui contenait ses sashimis de fugu. Il faut y aller tout de suite, nous sommes très pressés, lui dit-il, en ne sachant que faire du sachet de sashimis de fugu qu'il tenait entre ses doigts, et Marie ne dit rien, ne répondit rien, elle se laissait guider, elle le suivit sans un mot vers la sortie — Marie, les yeux dans le vague, en jupe et bottes noires, son grand manteau de cuir à la saignée du coude, la ceinture déroulée qui pendouillait et traînait par terre derrière elle. Une limousine de location japonaise les attendait devant l'hôtel (avec des larges sièges en cuir crème, des petits napperons brodés sur les appuie-tête et un accoudoir amovible doté de boutons électroniques orné des lettres MAJESTA), et plusieurs employés de l'hôtel se pressèrent autour des chariots pour disposer la multitude disparate et colorée des sacs de Marie dans le coffre et sur le siège avant de la voiture, tandis que les quatre Japonais en blazer bleu marine à écusson rassemblaient leurs affaires et allaient prendre place dans un étroit minibus garé non loin de là, les portières siglées d'un monogramme doré. Il y avait tellement de bagages sur les chariots de Marie que les employés durent aller déposer quelques sacs surnuméraires dans le minibus. Les quatre Japonais, serrés sur leurs sièges exigus, regardaient les bagagistes entreposer toujours davantage de sacs à côté d'eux dans le minibus, on apercevait leurs silhouettes impassibles derrière les vitres, qui émergeaient d'un désordre croissant de cartons enrubannés, de sachets fleuris et de pochettes à froufrous. Ce devait être des avocats, ou des juristes, peut-être des membres d'une société de courses japonaise, l'un d'eux avait les cheveux teints et portait une élégante pochette mauve vif qui dépassait de sa poche poitrine (signes d'un statut plus artiste, plus bohème, un vétérinaire, qui sait ?).

Le convoi s'était mis en route et descendait au ralenti la voie d'accès privée de l'hôtel, l'étroit minibus menant la marche, suivi de la limousine et de l'imposant van en aluminium du cheval qui peinait à prendre les virages et devait virer au plus large avec d'infinies précautions. Ils roulèrent ainsi sans encombre sur quelques centaines de mètres, le temps de quitter le quartier administratif de Shinjuku, avant de s'élancer sur une large avenue pour rejoindre l'autoroute qui menait à Narita.

Mais, très vite, ils furent bloqués dans les embouteillages. Ils n'avançaient plus que de quelques mètres, englués dans la circulation, le convoi bientôt complètement arrêté dans la grisaille pluvieuse de la fin d'après-midi. Dans la lunette arrière embuée de la limousine, Marie apercevait la silhouette monumentale du van en aluminium, ses puissants phares allumés sous la pluie dans le jour finissant — le van presque à l'arrêt, majestueux, chancelant sur la chaussée mouillée dans des crissements de pneus et des grincements d'essieux. Marie regardait le van immobile derrière elle, l'immense véhicule opaque et mystérieux échoué là sous la pluie dans la circulation de Tokyo, avec ses deux petites lucarnes grillagées et secrètes sur les côtés, derrière lesquelles se devinait la présence vivante, frémissante et chaude, d'un pur-sang invisible.

Jean-Christophe de G. n'avait pas enlevé son manteau, il n'avait même pas retiré son écharpe. Calé au fond de son siège, séparé de Marie par le large accoudoir amovible, il ne cessait de téléphoner, s'adressant, en anglais, à divers interlocuteurs, la cuisse agitée d'un mouvement imperceptible permanent, battant frénétiquement la mesure du bout de sa chaussure, puis, raccrochant — sans toutefois ranger le téléphone, déjà prêt à composer un nouveau numéro —, adressant un sourire crispé à Marie et passant tendrement la main sur son bras dénudé, sans conviction, un peu mécaniquement, la jambe toujours agitée d'une onde de nervosité qu'il ne parvenait pas à contenir. Jean-Christophe de G. n'ignorait pas que le bureau des douanes de la zone de fret de Narita fermait à dix-neuf heures et qu'il n'y aurait aucune possibilité de faire varier cet horaire (c'était un horaire inflexible, un horaire japonais), il ne fallait pas espérer obtenir un délai supplémentaire, compter sur la moindre dérogation. En d'autres termes, soit le cheval arrivait avant dix-neuf heures à l'aéroport et ils pourraient prendre l'avion, soit ils arrivaient en retard, et le cheval resterait bloqué aux douanes dans la zone de fret de Narita, avec les conséquences imprévisibles que cela pourrait avoir.

Jean-Christophe de G. savait que les papiers du cheval étaient en règle, les certificats de vaccinations à jour, les autorisations de sortie validées, mais il redoutait une dernière complication au passage de la douane, un document imprévu exigé in extremis, et, tout en s'ouvrant de ses craintes à Marie, il composait des numéros sur le cadran de son téléphone. En réalité

— et Marie s'en rendit compte à ce moment-là —, les personnes avec qui il échangeait ainsi des coups de téléphone en permanence depuis le départ de l'hôtel n'étaient autres que les quatre Japonais qui se trouvaient à quelques mètres devant eux dans le minibus. Il conversait ainsi avec eux sans interruption, non pas avec l'un d'entre eux en particulier, qui eût été leur porte-parole, mais avec les quatre, en alternance, selon la question abordée et les spécialités de chacun, leurs téléphones devant sonner ou vibrer sans cesse dans l'étroit minibus, les obligeant à décrocher à tour de rôle, s'évertuant à rassurer Jean-Christophe de G. en répétant les mêmes choses pour déjouer ses craintes, acquiesçant toujours, ne disant jamais non, abondant systématiquement en son sens par des *yes* ambigus ou oxymoriques (*yes, I don't know*), qui ne faisaient que l'alarmer davantage.

La circulation était devenue fluide, la pluie avait redoublé de violence et s'accompagnait de rafales tourbillonnantes qui agitaient de violents soubresauts les parois métalliques du van lancé à pleine vitesse sur l'autoroute. L'aéroport de Narita était en vue, les premiers signes avant-coureurs annonçaient son approche imminente, le Hilton de Narita sur le bord de la route, un grand panneau publicitaire de la compagnie ANA illuminé dans la nuit qui ruisselait de pluie. Le site de l'aéroport était entouré d'une double enceinte de grillages métalliques rehaussés de chevaux de frise, derrière laquelle s'étendait une vaste zone aéroportuaire sombre et mystérieuse. Le convoi ralentit à l'approche de l'aéroport et alla prendre position dans une des files d'attente au contrôle de police. Plusieurs policiers vêtus d'imperméables transparents filtraient la circulation sous la pluie devant un grand portique comparable à une installation de péage autoroutier, contrôlaient le passage des voitures avec des matraques fluorescentes. Un policier monta dans le minibus des Japonais pour inspecter rapidement les passeports, qu'ils avaient préparés à son attention, il ne s'attarda pas, passant dans la rangée en pointant un doigt sur chaque passeport avant de redescendre du véhicule, tandis qu'un autre sortait d'une guérite et s'approchait de la limousine. Jean-Christophe de G. fit descendre la vitre automatique de la portière en manœuvrant un bouton électronique de l'accoudoir et lui tendit son passeport dans la nuit, ainsi que le passeport du cheval, car le cheval avait également un passeport, un document d'identité personnel, officiel, plastifié, infalsifiable (avec photo, date de naissance et pedigree). Le policier ouvrit le passeport de Jean-Christophe de G., regarda la photo et le lui rendit, puis il ouvrit le passeport du cheval et se pencha à l'intérieur de la voiture pour examiner un instant plus attentivement le visage de Marie (mais, même dans la pénombre, il était impossible de prendre Marie pour un cheval). Jean-Christophe de G., se rendant compte du quiproquo, demanda à Marie — Marie, distraite, pas concernée —, de bien vouloir montrer son passeport au policier. Mais Marie avait toujours été incapable de trouver son passeport quand elle en avait besoin, et, sortant brusquement de sa torpeur, comme soudain prise en défaut, le visage anticipant déjà douloureusement la vanité des recherches à venir, elle fut prise d'un brusque accès de frénésie désordonnée, ce curieux mélange de panique et de bonne volonté qui la caractérise quand elle cherche quelque chose, se mettant à fouiller désespérément son sac à main et à le retourner en tous sens, sortant des cartes de crédit, des lettres, des factures, son téléphone, faisant tomber ses lunettes de soleil par terre, se soulevant sur place sur son siège en se tortillant pour fouiller les poches arrière de sa jupe, de sa veste, de son manteau, étant sûre qu'elle l'avait avec elle, son passeport, mais ne sachant pas dans quelle poche elle l'avait mis, dans lequel de ses sacs il pouvait bien être, vingt-trois sacs exactement (sans compter le sachet de sashimi de fugu, dans lequel elle jeta également un coup d'œil par acquit de conscience). Mais en vain, le passeport restait introuvable. Il fallut redescendre de la limousine — Jean-Christophe de G. gardant son sang-froid, lui disant que ce n'était pas grave d'une voix blanche, consultant sa montre d'un regard noir —, et on dut ouvrir le coffre de la voiture sous la pluie, sortir les sacs et les fouiller à même la chaussée, sous l'œil à la fois glacial et indifférent du policier. J'ai dû l'oublier à l'hôtel, dit Marie, elle le dit avec insouciance, presque avec entrain, comme si la perspective d'imaginer le pire — être là au contrôle de police de Narita et ne pas avoir son passeport — l'exaltait, la grisait même, en lui faisant entrevoir dès à présent le comique que la situation pourrait avoir rétrospectivement. Cette fantaisie, cette légèreté, cette insouciance ravie, lumineuse et enchantée, qui faisait partie des attributs les plus sûrs du charme de Marie, était évidemment d'autant plus délectable qu'on n'était pas directement concerné. Jean-Christophe de G., lui, concerné au premier chef, en l'occurrence, la saisit fermement par les deux bras (sa galanterie commençait à se fissurer), et lui demanda de réfléchir où elle avait mis son passeport. Mais je n'en sais rien, lui dit Marie — il commençait à l'agacer maintenant, avec ses questions —, et elle suggéra qu'il était peut-être dans sa mallette en cuir, avec son billet d'avion. Elle sortit la mallette du coffre, et trouva aussitôt son passeport, qu'elle présenta au policier, qui le regarda à peine (ce n'était qu'un simple contrôle de routine à l'entrée du site de l'aéroport).

Ils étaient remontés dans la limousine et le convoi avait pris la direction de la zone de fret de Narita, en suivant les indications fléchées de grands panneaux verts éclairés dans la nuit, Cargo Building n° 2, Cargo Building n° 3, ANA Export, Common Import Warehouse, IACT. Les trois véhicules se suivaient sur une route abandonnée bordée de bâtiments techniques. De chaque côté s'étendait une vaste étendue de nuit parsemée au loin de balises lumineuses blanches et bleues. Ils s'enfonçaient dans les ténèbres, la route n'était plus éclairée, on apercevait ici et là des silhouettes d'avions immobiles garés sur des parkings. Ils s'engagèrent sur un terre-plein détrempé, les trois véhicules se suivant au ralenti, leurs phares allumés dans la nuit, longeant une enfilade de grands hangars aux immenses portes ouvertes d'où s'échappait une lumière artificielle verdâtre. Chaque hangar était garni de lettres géantes tracées au pochoir pour délimiter les différentes zones de fret, E, F, G, et le convoi s'arrêta à l'entrée du bloc F.

Le bureau des douanes de l'aéroport de Narita fermait dans moins de dix minutes, et les quatre Japonais quittèrent précipitamment leur véhicule pour s'engager dans le hangar, les bras chargés de dossiers et de documents officiels. Jean-Christophe de G. et Marie les suivaient à distance en pressant le pas derrière eux, Marie en jupe et bottes noires, son manteau de cuir à la main, qu'elle finit par revêtir tout en continuant à marcher pour se garder du froid qui régnait dans ce lieu sombre et humide ouvert aux courants d'air. C'était un vaste hangar métallique de plus de deux mille mètres carrés, qui avait des allures de marché aux poissons abandonné après la fermeture, quand les étals sont fermés et que les employés lavent le sol à grande eau au tuyau d'arrosage. La lumière était éteinte dans la plupart des secteurs, des bâches recouvrant les caisses, étagères vides, monte-charge à l'arrêt, caillebotis à l'abandon. Ici et là, quelques chariots élévateurs sillonnaient les allées désertes, conduits par des employés casqués et gantés de blanc, qui allaient décharger leurs marchandises dans de rares secteurs encore ouverts, petits îlots d'activité bruyants violemment éclairés par des tubes de néon blancs, où quelques manutentionnaires transféraient des caisses vers des élévateurs, caisses de marchandises de toutes sortes, conditionnées sous vide ou en mauvais carton jaune truffé d'étiquettes, simples cageots mal ficelés qui contenaient des produits frais. La cabine vitrée du bureau des douanes se devinait au fond du hangar, au cœur d'une zone réservée aux compagnies aériennes, dont les comptoirs d'enregistrement étaient déserts, seuls demeuraient ici et là quelques autocollants placardés sur les murs, KLM Cargo, SAS Cargo, Lufthansa Cargo.

Dans le bureau des douanes, les quatre Japonais s'entretenaient avec un douanier au visage blême, le teint maladif, émacié, une casquette officielle rehaussée d'un insigne sur la tête et un *masuku* sur la bouche, ce masque de gaze blanche qui couvre le bas du visage pour se préserver des microbes. Il était en train de prendre connaissance d'un document relatif au transfert du pur-sang, quand, voyant entrer Jean-Christophe de G. dans les bureaux des douanes, il s'interrompit aussitôt et s'inclina pour lui présenter ses excuses, lui expliquant en anglais à travers la fine épaisseur de gaze qui recouvrait sa bouche qu'il regrettait de devoir le faire attendre dans la zone de fret et qu'il essaierait de limiter au possible les délais d'embarquement du cheval. Jean-Christophe de G. considéra le douanier avec incrédulité, se rendant compte qu'il ressortait de ces périphrases chuintantes, qui lui parvenaient doublement filtrées (par l'obstacle de la langue et l'épaisseur du tissu), que le passage de la douane du pur-sang, qu'il avait tant redouté, et qu'une seconde plus tôt, il croyait compromis, venait d'être réglé à l'instant sans autre complication.

Jean-Christophe de G. était ressorti du hangar et attendait l'arrivée de la stalle de voyage du cheval pour procéder à son embarquement. Le chauffeur du van avait déjà ouvert la porte du fourgon et avait descendu le pont métallique sous la pluie, tandis que les hommes de main se positionnaient autour des entrées du van. Deux d'entre eux avaient de vagues allures de yakusas ou de petites frappes japonaises, avec des blousons noirs cintrés garnis de doublures orange, le troisième, très gros, un corps énorme, entièrement chauve, la nuque épaisse, la peau comme de la corne de buffle, était peut-être tout aussi japonais, mais n'aurait fait dissonance nulle part, ni à Moscou ni à New York, avec son look de garde du corps de concert rock et ses minuscules yeux bridés internationaux, passe-partout dans le monde. Apparemment, ils n'avaient pas l'autorisation de toucher le cheval, ils étaient simplement affectés à sa sécurité, devant empêcher quiconque d'en approcher. Ils n'apportèrent d'ailleurs aucune aide à quiconque, se contentant d'imposer leur présence dissuasive à la porte du fourgon en veillant ostensiblement sur les alentours. On attendait toujours l'arrivée de la stalle de voyage du cheval, et deux des quatre Japonais avaient rejoint le pur-sang à l'intérieur du van pour essayer de l'apaiser, tâcher de le calmer, lui caressant doucement l'encolure pour le laisser s'accoutumer à leur présence. Car depuis le limogeage de l'entraîneur de Zahir le matin même, non seulement de son entraîneur, mais de tout son entourage, y compris son premier garçon de voyage (ce qui, rétrospectivement, avait été une erreur, même Jean-Christophe de G. avait dû en convenir), le pur-sang n'avait plus de lad, il avait perdu son lad attitré, le lad de confiance qui l'accompagnait à l'étranger depuis sa naissance, celui qui avait toujours voyagé avec lui, qui le nourrissait pendant les déplacements et le conduisait au rond de présentation les jours de courses, celui, le seul, auquel il était habitué.

La stalle de voyage du cheval fit alors son apparition sur le parking, trônant sur une remorque plate, telle une statue de procession, tractée par un petit véhicule électrique qui l'emportait dans son sillage. Le véhicule tracteur contourna les différentes voitures garées le long des entrepôts et alla s'immobiliser devant le minibus à l'entrée du hangar. La manœuvre était supervisée par le chef d'escale de la Lufthansa, un talkie-walkie à la main, qui portait un immense ciré noir qui flottait sous la pluie autour de son costume. Deux techniciens descendirent de la cabine du véhicule tracteur et se hissèrent sur la remorque pour décadenasser les ouvertures et mettre en place un plan incliné pour permettre au cheval d'accéder à la stalle de voyage, sorte de caisson étanche, métallique et strié, sur lequel étaient plaqués quelques résidus d'autocollants jaune orangé aux couleurs de la Lufthansa. Marie s'était mise à l'abri de la pluie dans le hangar et observait les opérations à distance. Toutes les portes étaient ouvertes à présent, mais le cheval restait toujours invisible dans les profondeurs du van, sur lequel tous les regards étaient fixés. De la présence du pur-sang ne témoignaient encore que de brefs hennissements étouffés qui provenaient de l'intérieur du fourgon et une odeur de cheval, une puissante odeur de cheval, de foin et de crottin, qui allait se mêler à l'odeur de la pluie et aux relents de kérosène.

Alors, lentement, apparut la croupe du pur-sang — sa croupe noire, luisante, rebondie —, à reculons, les sabots arrière cherchant leurs appuis sur le pont, battant bruyamment sur le métal et trépignant sur place, très nerveux, faisant un écart sur le côté, et repartant en avant. Il ne portait pour tout harnachement qu'un licol et une longe, une courte couverture en luxueux velours pourpre sur le dos, et les membres finement enveloppés de bandages protecteurs et de guêtres de transport fermées par des velcros, les glomes et les tendons momifiés de bandelettes pour éviter les coups ou les blessures. C'était cinq cents kilos de nervosité, d'irritabilité et de fureur qui venaient d'apparaître dans la nuit. Le pelage noir et lustré, la musculature apparente, il descendait à reculons, les deux Japonais en blazer bleu marine collés contre son corps à la hauteur de l'épaule pour essayer de le contenir, s'agrippant à la longe, le tirant et le retenant. Le cheval ne se laissait pas faire, rétif, tournait la tête pour se dégager, s'ébrouait, se débattait, des frémissements spontanés couraient le long de sa crinière comme des ondes visibles de tension et de nervosité. Sa puissance physique était impressionnante, il émanait de lui une énergie animale électrique. Les deux Japonais semblaient dépassés par les événements, ils perdaient pied, leurs blazers défaits et les cravates en bataille, ils lançaient de vaines injonctions dans le vide pour qu'on leur vînt en aide, on sentait leur émotivité, leurs mains et leurs visages tremblaient. Immobile sur le pont, le pur-sang ne bougeait plus, n'avançait plus, ne reculait plus, malgré les efforts des deux Japonais qui tiraient sur la longe sans parvenir à le faire bouger. Le chef d'escale de la Lufthansa, son talkie-walkie à la main, s'était approché du van et personne ne bougeait plus, ni le cheval, arrêté à mi-pont — immobile, furieux, impérial — ni les spectateurs, fascinés par la force brute de cet étalon immobile, ses muscles, longs et puissants, saillants, tendus, qui contrastaient avec le tracé gracieux des pattes, la finesse des paturons, minces, étroits, délicats comme des poignets de femme.

Le cheval, après un bref surplace inquiétant, fit encore vivement deux ou trois pas à reculons, avec fougue et brutalité, tournoyant soudain sur lui-même en entraînant à sa suite les deux Japonais qui dégringolèrent du pont en sautant sur le bitume pour accompagner le mouvement. Instinctivement, chacun s'était éloigné de la trajectoire du cheval, on reflua vers le hangar. Les deux Japonais collés contre le corps du cheval, plaqués sous son épaule, cherchaient à freiner sa progression, à le ralentir, mais ils étaient emportés par sa puissance, entraînés par son énergie, et ne pouvaient qu'accompagner le mouvement, trottinant à côté de lui en se contentant d'essayer d'infléchir sa direction pour le diriger vers la stalle de voyage. La stalle l'attendait en haut de la remorque, les portes ouvertes, que deux techniciens s'apprêtaient à refermer aussitôt derrière lui, mais le cheval se cabra au pied du pont, recula et fit demi-tour, repassa avec impétuosité devant Marie et Jean-Christophe de G. Les deux Japonais ne contrôlaient plus rien, ils se bornaient à circonscrire le rayonnement du cheval en le retenant par la longe, le pur-sang leur échappait, tournait sur lui-même dans des déhanchements de croupe et des claquements de sabots. Il divaguait sous la pluie entre les divers véhicules garés devant le hangar, entra soudain dans le faisceau des phares d'une voiture restés allumés sur le parking et prit brusquement la direction du hangar, obligeant les spectateurs à reculer et à se réfugier en vague à l'intérieur du bâtiment.

Des tubes de néons blancs couraient tout au long de l'étroit auvent du hangar, et la pluie continuait de tomber à verse dans la nuit, oblique, presque horizontale sous les rafales de vent. Les deux Japonais avaient réussi à reprendre le contrôle du cheval, ils l'avaient fait pivoter en le guidant fermement par la boucle du licol et étaient repartis à zéro, ils étaient revenus jusqu'au van et avaient pris la direction de la stalle en contournant les voitures au plus large, en s'éloignant sur le parking. Le tonnerre grondait au loin, un éclair déchirait le ciel de temps à autre au-dessus des pistes invisibles. Le cheval avançait au pas maintenant, loin des lumières des entrepôts, dans la pénombre pluvieuse du parking, les deux Japonais du même côté que lui, qui l'escortaient dans la nuit dans leurs blazers bleus détrempés. Le pur-sang les suivait, apparemment docile, secoué par instants de brusques et imprévisibles impulsions de la tête. Ils étaient presque arrivés à la hauteur de la remorque, quand le pur-sang se raidit en apercevant la stalle, se braqua de nouveau et pivota, les oreilles couchées, hennissant, la bouche ouverte, cherchant à mordre, les dents soudain découvertes dans la nuit, recula et s'emballa, en emportant à sa suite les deux Japonais qui tournoyaient derrière lui.

Le pur-sang s'était échappé, il s'était enfui dans la nuit, d'abord freiné, arrêté, dans son élan, empêtré par un des Japonais qui n'avait pas lâché la longe, et qui sembla ne jamais devoir la lâcher, comme s'il se l'était enroulée autour du bras, ou nouée autour de son poignet. Il ne pouvait pas s'en défaire ou ne pouvait pas imaginer la lâcher, devant trouver simplement inimaginable de la lâcher et de laisser échapper ce cheval dont il avait la responsabilité, et il s'y agrippait de toutes ses forces, déjà à terre, tombé sur le sol à la renverse, encore à genoux, s'étant redressé et tirant, essayant d'enrouler la corde autour de sa taille, résistant encore, mais bientôt projeté à plat ventre sur le bitume, et ne lâchant toujours pas, rebondissant plusieurs fois dans des flaques d'eau et des éclaboussures de sang, dans une image terrifiante de skieur nautique en perdition, ne pouvant plus se redresser, ballotté, soulevé, écrasé sur le sol, encore traîné sur une dizaine de mètres avant de laisser le cheval s'échapper. Zahir fuyait au galop dans la nuit, libre et furieux, déjà loin et à peine visible. Il avait pris instinctivement la direction des zones les plus enténébrées de l'aéroport, quittant les profondeurs du parking et traversant la route d'accès peu éclairée pour s'élancer vers les pistes. Plusieurs témoins de la scène avaient perçu le danger, et, tandis que quelques-uns se jetaient sur le parking pour aller porter secours aux deux Japonais blessés — l'un s'était déjà relevé et boitait, revenait sur ses pas dans la lumière des phares, l'autre ne bougeait plus, avait perdu connaissance, sa nuque baignait sur le bitume, le visage ensanglanté, dans une flaque de pluie noire et luisante —, d'autres téléphonaient, avertissaient les autorités aéroportuaires, on courait et montait dans les voitures, on organisait la poursuite, les portières claquaient et les voitures faisaient marche arrière pour démarrer sur les chapeaux de roues, le chauffeur du van — le van trop lourd, trop difficile à manœuvrer — s'était engouffré dans le minibus avec du matériel et des cordes, une grande corde de chanvre enroulée sur elle-même qu'il tenait à la main comme un lasso compact, trois véhicules s'étaient déjà lancés dans la nuit à la poursuite du cheval et fonçaient droit devant eux à travers l'immense parking du hangar, les phares allumés dans la pluie battante, zigzaguant dans les flaques et manquant de se télescoper, le chef d'escale de la Lufthansa au volant de son petit véhicule technique, Marie seule dans la limousine que conduisait le chauffeur ganté de blanc, et les autres, tous les autres — y compris Jean-Christophe de G. qui avait pris les choses en mains et qui donnait des ordres —, acolytes ou gardes du corps, le chauffeur du van, des douaniers, tous ceux qui n'étaient pas restés pour porter secours aux blessés, avaient pris place dans l'étroit minibus Subaru, entassés sur les trois rangées de sièges parmi les sacs et les bagages de Marie.

Zahir, en arabe, veut dire visible, le nom vient de Borges, et de plus loin encore, du mythe, de l'Orient, où la légende veut qu'Allah créa les pur-sang d'une poignée de vent. Et, dans la nouvelle éponyme de Borges, le Zahir est cet être qui a la terrible vertu de ne jamais pouvoir être oublié dès lors qu'on l'a aperçu une seule fois. Il n'y avait plus trace de Zahir sur le parking, il s'était dissous dans la nuit, il s'était évaporé, il s'était fondu, noir sur noir, dans les ténèbres. La nuit présentait son obscurité habituelle, comme si le pur-sang était parvenu à s'introduire dans sa matière, et qu'elle l'eût instantanément englouti et digéré. Les voitures fonçaient à toute vitesse vers l'horizon, les vitres fouettées par la pluie, les carrosseries tressautant sous les à-coups du revêtement. Arrivés au bout de l'immense parking, butant sur un petit accotement qui ne donnait sur rien — sur des pelouses sombres et détrempées, sur des terrains vagues à perte de vue — ils durent se rendre à l'évidence, Zahir avait disparu. Au loin, des sirènes de secours se faisaient entendre dans la nuit, une ambulance rejoignait le hangar pour prendre soin du Japonais blessé et des camions de pompiers se mettaient en position le long des pistes pour dresser des barrages, les procédures de décollage et d'atterrissage avaient dû être interrompues, les autorités aéroportuaires ne pouvant prendre le risque de laisser des avions atterrir tant qu'il y aurait un pur-sang en liberté dans l'enceinte de l'aéroport. Les poursuivants durent alors ralentir, abandonner le premier élan de précipitation pour chercher plus patiemment le pur-sang dans la nuit. Ils roulaient à faible allure sur une petite route peu éclairée et restaient silencieux dans les voitures, surveillaient les alentours. Ils ouvraient l'œil à la vitre, à l'affût d'un mouvement à l'horizon, d'une ombre dans les ténèbres, d'un déplacement d'air, d'un souffle, d'une haleine, l'oreille tendue sur les sièges dans la pénombre des habitacles, les conducteurs aux aguets au volant, à l'écoute d'un bruit venu des pistes qui trahirait la présence du cheval, un hennissement, un ébrouement, une brève cavalcade de sabots sur le bitume. Il n'y avait aucun endroit où se cacher sur les surfaces parfaitement planes de l'aéroport, aucun obstacle, ni arbres ni taillis, l'horizon était parfaitement dégagé. Au bout de la route, ils contournèrent une barrière fermée et s'engagèrent lentement sur une piste, toujours au ralenti, toujours silencieux, sondant la nuit autour d'eux, scrutant l'obscurité de leurs regards aigus, quand, soudain, surgi de nulle part, avec la même soudaineté qu'il avait disparu, le corps puissant et noir de Zahir s'incarna dans la lumière des phares, à la fois en plein galop et arrêté, affolé, les yeux terrorisés, le pelage noir et mouillé, comme s'il ressortait à l'instant de la nuit où il s'était dissous.

Alors, à la seconde, les trois véhicules accélérèrent à fond pour se jeter à sa poursuite, ils étaient à cent mètres de lui, le cheval au galop les précédait dans la nuit, la crinière au vent, le mouvement des pattes accéléré dans un sprint éperdu, les sabots battant furieusement le bitume. Ils ne le perdaient plus de vue dans la lumière des phares, ils l'avaient en ligne de mire, ils restaient collés à sa silhouette affolée, sinuante et flexueuse, tournant à gauche quand il tournait à gauche, bifurquant avec lui, les trois voitures fonçant côte à côte sur l'immense tarmac désert pour l'empêcher de faire demi-tour et de leur échapper, essayant de resserrer chaque fois un peu plus les rets de la poursuite, s'organisant de voiture à voiture, Jean-Christophe de G. dirigeant les opérations depuis le minibus, donnant des ordres au chauffeur et communiquant avec le chauffeur de la limousine via le téléphone de Marie — il avait téléphoné à Marie dans la limousine, le portable de Marie avait sonné dans son sac à main et elle avait entendu la voix de Jean-Christophe de G. dans le noir, sa voix précise, calme, autoritaire, qui lui demandait de transmettre les consignes au chauffeur, et Marie faisait scrupuleusement le relais, le portable à l'oreille, elle écoutait docilement les instructions et les répétait aussitôt en anglais au chauffeur —, de manière que les trois véhicules avancent de front pour couper toute retraite au cheval, Jean-Christophe de G. coordonnant la poursuite depuis le siège avant du minibus, réglant les distances entre les véhicules, procédant à de minuscules ajustements pour corriger les trajectoires, enjoignant aux voitures de diriger toujours leurs phares droit sur le cheval en fuite, de sorte que le cheval se sente poursuivi par une ligne de lumière mobile et aveuglante, effrayante, éblouissante comme une ligne de feu. Ils étaient sur le point de le rejoindre quand le cheval fit un brusque tête-à-queue devant eux, en toupie sur le tarmac, son corps se torsadant dans un tourbillon de muscles et une gerbe de gouttes de pluie, et, sans transition, il se mit à galoper face aux voitures dans la lumière des phares, les yeux fous, sauvages, hallucinés, la crinière échevelée hérissée d'éclaboussures de transpiration et de boue. Il galopait vers les voitures, prenait de la vitesse sur les pistes de Narita comme s'il se préparait à franchir l'obstacle de la ligne de véhicules en mouvement qui lui fonçaient dessus et à quitter le sol, à s'envoler dans le ciel, Pégase ailé disparaissant dans les ténèbres pour aller rejoindre la foudre et les éclairs. Dès qu'il le vit faire volte-face, Jean-Christophe de G. avait perçu le danger et l'ordre avait fusé, immédiatement communiqué aux autres véhicules, de se mettre à klaxonner, tous ensemble, de lui foncer dessus en klaxonnant. Ils se fonçaient mutuellement dessus, le cheval fonçant sur les voitures pour essayer de traverser leur ligne en mouvement et les voitures lui fonçant dessus pour l'effrayer et le forcer à battre en retraite. Le bras de fer tourna in extremis à l'avantage des voitures dans un concert de klaxons épouvantable, trois hurlements combinés d'avertisseurs sonores entremêlés qui se mouvaient de front dans la nuit, et le cheval, s'arrêtant, pilant net, dérapant sur la piste mouillée, trébuchant face aux voitures, se relevant aussitôt, paniqué, s'enfuit en catastrophe sur le côté, galopa droit devant lui jusqu'aux limites ultimes de l'aéroport, où il se trouva bloqué par les doubles grillages de l'enceinte de sécurité de Narita. Il les longea au galop sur quelques mètres, toujours poursuivi par les lumières des phares qui avançaient sur lui, puis il ralentit, il se mit au trot, indécis, s'arrêta le long des hauts grillages, derrière lesquels s'étendait un parc de stationnement d'autobus de la JAL qui se devinait dans la pénombre. Des éclairs déchiraient le ciel de temps à autre, qui jetaient une fugitive lumière blanche sur les toits des autocars orange et blancs stationnés côte à côte par-delà la clôture. Les voitures se mirent en position en arc de cercle autour du cheval, à trente mètres de lui environ, le cernèrent de toutes parts, les phares toujours dirigés vers sa silhouette immobile. Les portières s'ouvrirent, et les hommes sortirent sur la piste. Ils continuèrent la poursuite à pied sans se préoccuper de la pluie battante, s'avançaient de front en direction du cheval, un des acolytes se penchant vers le sol et ramassant ce qu'il trouvait pour lui lancer des pierres, des gravillons, des saletés, du vide, pour le refouler contre les barrières, le tenir à distance ou conjurer sa propre peur, jusqu'à ce que Jean-Christophe de G. lui donnât l'ordre de cesser. Il donna l'ordre à tout le monde de s'arrêter, et de se taire, de ne plus bouger. Plus un mouvement, plus un geste. Le cheval s'était arrêté, acculé contre le grillage, sans possibilité de fuite ni de repli, et il les regardait, immobile, haletant, essoufflé, ses flancs se soulevant et s'abaissant à chaque respiration.

Alors Jean-Christophe de G. s'avança vers lui, seul, les mains nues. Le cheval ne bougeait pas et le regardait venir. Jean-Christophe de G. avançait vers lui sous la pluie en élégant manteau sombre, les mains vides, sans rien pour le maîtriser, ni corde, ni longe, ni courroie, rien pour le capturer, le contenir ou l'attacher. Calme, disait-il, calme, Zahir, calme, répétait-il à voix basse. Il n'était plus qu'à quelques mètres de lui, il se dégageait encore du cheval des ondes sulfureuses, une énergie incontrôlable d'animal épouvanté. Le cheval continuait de le regarder venir, immobile, des sons rauques et inquiétants sortaient de sa gorge. Son pelage était mouillé, collé de pluie et de transpiration crasseuse, dans lequel étaient venus s'incruster de minuscules particules de boue, des saletés, des gravillons et des éclats de bitume. Il avait dû glisser plusieurs fois sur les pistes, car il était blessé, son genou était ouvert, écorché et noirâtre. Jean-Christophe de G. était presque arrivé à sa hauteur. Il avançait toujours, il ne le quittait pas des yeux et il lui présentait ses mains, blanches, vides, ouvertes, comme pour lui signifier qu'il n'avait pas d'arme, pas même de liens, de cordes, rien, les mains nues, le regard intense et les mains nues — la main et le regard — , sans oublier la voix, la voix humaine, chaude, enveloppante, sensuelle, séductrice, qu'il modulait, dont il faisait varier les inflexions pour l'amadouer. Calme, disait-il, calme, Zahir, calme, répétait-il. Il n'était plus qu'à quelques centimètres du contact de son épiderme, mais il ne le toucha pas tout de suite, il laissa le cheval observer ses mains, ses deux longues mains blanches immobiles sous les yeux du cheval, laissant au pur-sang tout le temps de les observer, de les sentir, de les humer, et le cheval regardait ses mains, les reniflait, les naseaux humides collés aux doigts, dociles et humant prudemment, il avait peut-être reconnu une odeur, peut-être l'odeur de Jean-Christophe de G. lui était-elle familière. Il ne tressaillit même pas quand Jean-Christophe de G. posa sa main sur sa peau, et le toucha, le caressa, avec beaucoup de lenteur, et de délicatesse, comme s'il caressait une femme, comme s'il passait lentement la main sur le corps d'une femme. Le cheval se laissait faire, il semblait aimer être touché par ses mains à la fois fermes et tendres qui devaient lui communiquer une sensation de chaleur et un sentiment d'apaisement et de calme après les minutes d'effarement et de terreur qu'il venait de vivre. Jean-Christophe de G. avait approché sa tête de la joue du cheval et lui parlait à l'oreille, il l'apaisait de sa voix douce, envoûtante, il lui tapotait la tête, lui frottait le pourtour des yeux. Voilà, disait-il, voilà, très bien, Zahir, très bien. Il lui parlait en français, il avait toujours parlé français à ses chevaux, la langue de l'amour, le français — et de la perfidie, aussi, parfois, son ombre vénéneuse. Car les caresses de Jean-Christophe de G. n'étaient pas sincères, tout du moins pas sans arrière-pensées, la persuasion de sa voix et la douceur de ses mains étaient très calculées, il préparait déjà la suite, il songeait déjà, tout en le caressant, au mauvais tour qu'il allait lui jouer, il n'aurait pas pu sinon, il n'aurait pas pu réussir son geste avec autant d'adresse, de vitesse et de grâce, il ne l'aurait pas exécuté avec autant de maestria s'il ne l'avait pas entièrement décomposé mentalement avant de l'accomplir, comme un tour de magie, ou de passe-passe, une veronica de torero : en une fois, il arracha l'écharpe qu'il avait autour du cou, la souleva en l'air — un instant, l'étoffe noire moirée de reflets rouges tournoya à la verticale dans la nuit — et, passant rapidement l'écharpe autour de la tête du cheval, il la noua autour des yeux de Zahir, il lui banda les yeux pour l'aveugler. Il serra bien l'écharpe pour ne pas laisser passer de jour, comme dans un jeu de colin-maillard, et noua fermement les deux pans aux montants du licol pour la fixer. Le cheval fit un pas en arrière vers la barrière, les yeux bandés, et s'immobilisa, aveuglé, vaincu. Aussitôt, du cercle de spectateurs interdits qui l'observaient sans bouger, surgit le chauffeur du van, qui courut les rejoindre avec la longue corde de chanvre enroulée comme un lasso, s'agenouilla au pied du cheval et lui passa la corde autour d'une des pattes, la noua, puis il tira sur la corde pour forcer le cheval à maintenir son membre fléchi à la hauteur du genou. Ainsi entravé par la corde, titubant sur place, et ne voyant plus rien, Zahir n'opposa plus de résistance. Alors seulement, Jean-Christophe de G. ramassa la longe qui traînait par terre sur le sol mouillé, et il revint calmement vers les voitures, en tenant Zahir en laisse, comme un grand chien noir disproportionné (sage, claudiquant sur trois pattes, les yeux bandés).

Il régnait la plus grande confusion devant le hangar de la zone de fret de l'aéroport de Narita quand Jean-Christophe de G. et Marie le rejoignirent en limousine quelques minutes plus tard. Des gyrophares bleus et blancs tournaient dans la nuit devant l'entrée du bloc F, et des dizaines de pompiers se pressaient encore à l'entrée des hangars. Des policiers en gilets autoréfléchissants avaient établi un périmètre de sécurité sur le parking à l'aide de cônes rouges luminescents. Ils aperçurent fugitivement une ambulance qui s'éloignait avec le Japonais blessé qu'on emportait. Marie ne disait rien dans la limousine, elle observait le visage de Jean-Christophe de G. assis à côté d'elle dans la pénombre. Elle venait de découvrir un aspect inconnu de sa personnalité. Elle avait été frappée par la manière dont il s'était imposé dans l'action pendant la poursuite du cheval, comment il avait pris les choses en main et avait donné des ordres à tout le monde, et à elle y compris, ce qui l'avait fortement impressionnée (car on ne donne pas d'ordre à Marie — au mieux, on l'incite, au pire, on lui suggère).

En descendant de la limousine, ils ne trouvèrent personne pour les guider, il n'y avait aucun membre du personnel de l'aéroport pour les conduire à l'avion. Le chef d'escale de la Lufthansa était resté auprès du cheval et avait demandé par talkie-walkie qu'on lui envoie la stalle à l'endroit où on avait rattrapé Zahir pour procéder de là-bas à son embarquement. Au bout d'un moment, un véhicule de l'aéroport aux allures de navette fantôme, tous feux éteints à l'intérieur, vint prendre position devant le hangar pour les conduire à l'avion. Ils chargèrent les bagages à l'intérieur, transbordant les valises de Marie du coffre de la limousine à l'intérieur du minibus. Ils allaient et venaient sous la pluie, chargés de sacs et de valises, qu'ils entassaient en vrac sur le sol noir caoutchouteux du minibus. La navette s'était mise en route, et ils se tenaient immobiles dans la pénombre au milieu du désordre rampant des bagages de Marie répartis sur le sol. Il pleuvait à verse dehors, et on apercevait les pistes dans la nuit à travers les vitres mouillées, certaines disparaissant complètement dans les ténèbres, d'autres balisées d'un collier de feux bleus et blancs répartis à intervalles réguliers. Ils passèrent une petite route peu éclairée et continuèrent toujours plus avant dans la nuit. La navette roula encore quelques minutes dans l'obscurité et s'arrêta, les portes automatiques s'ouvrirent brutalement devant eux dans la nuit venteuse, et ils se hâtèrent de descendre leurs bagages. À peine le dernier sac fut-il posé sur le sol que le chauffeur, qui les guettait, l'œil levé, dans le rétroviseur, fit claquer sèchement les portes automatiques du minibus derrière eux, et la navette repartit dans la nuit, les laissant seuls sur le tarmac.

Devant eux, immense, bombée et hors de proportion, se dressait la silhouette géante d'un Boeing 747 cargo de la Lufthansa. Il n'y avait aucune passerelle pour y accéder, nulle échelle pour monter à bord, toutes les issues étaient hermétiquement fermées, condamnées, aussi bien la porte avant gauche que les portes des soutes à l'arrière de l'avion. La carlingue blanche laquée dégoulinait sous la pluie battante. Ils n'avaient pas fait un pas depuis que la navette les avait laissés sur le tarmac, intimidés par les proportions démesurées de l'appareil qui se dressait devant eux, près de dix mètres de hauteur et au moins soixante mètres d'envergure, avec ses deux ailes immenses qui recouvraient d'ombres noires les parties du sol qu'elles enveloppaient de leur empire statique. Des bruits continus de groupe de conditionnement d'air se mêlaient au vacarme assourdissant d'un réacteur auxiliaire qui tournait dans le cône de queue. L'avion semblait être sur le point de quitter son aire de stationnement, les diverses attelles et tuyaux de caoutchouc qui avaient servi à son avitaillement en kérosène et au chargement du fret s'étaient éloignés, quelques véhicules techniques demeuraient sur les pistes autour de lui, plates-formes élévatrices à l'arrêt, groupes électrogènes, camions serveurs et fourgonnettes d'entretien, comme autant de minuscules satellites nourriciers du géant immobile. On devinait une lumière tamisée dans la cabine de pilotage, derrière l'étroit pare-brise convexe du cockpit, mince fente bridée qui s'ouvrait au sommet de la tête incurvée du Boeing. Les pilotes devaient être en train d'étudier la route et de relire leurs cartes à la lueur d'une veilleuse, attendant les instructions de la tour de contrôle dans la pénombre de l'habitacle. Marie fit un pas en avant et se mit à crier dans la nuit en agitant les bras. Elle se tenait au pied du Boeing et agitait les bras en l'air à la manière des placeurs qui aident les avions à s'aligner sur les parkings, fragile silhouette qui faisait de grands gestes sous la pluie pour essayer d'attirer l'attention des pilotes, avec de plus en plus d'entrain, gagnée par la gaieté et une irrépressible bonne humeur, dans le pétrin mais heureuse, se sentant soudain merveilleusement bien d'être là sous la pluie, coincée avec ses bagages à l'extérieur de l'avion, les vingt-trois pièces de bagages de Marie, sa grande valise gris perlé, le petit trolley blanc grège de chez Muji, une besace en raphia à double ouverture zippée, un grand sac polochon qu'ajustait une corde enserrée dans un collier d'œillets, une mallette d'ordinateur, un vanity-case, sans compter quelques achats récents, élégants sacs crème en papier glacé qui s'affaissaient sous la pluie, et trois derniers grands sacs de voyage pleins à craquer (et aucun fermé naturellement, Marie ne fermait jamais rien, des vêtements en dépassaient encore, débordant d'affaires jetées à la dernière minute, une trousse de toilette trônant de guingois au milieu des vêtements, la trousse de toilette elle-même ouverte, de laquelle s'échappait encore un pinceau à blush et un tube de dentifrice ouvert), et, dans un élan de légèreté, d'insouciance et de fantaisie, Marie se mit à courir sur le tarmac autour de ses valises, regardant l'entassement désordonné de ses bagages sur le sol en trouvant qu'ils présentaient quand même une sacrée homogénéité de formes et une subtile cohérence de couleurs : un camaïeu de beige, de grège, de sable, d'écru et de cuir (la classe, quoi, Marie, jusque dans le naufrage).

Jean-Christophe de G. s'était éloigné pour téléphoner, il marchait lentement sous la pluie dans son élégant manteau sombre, une main dans la poche et le portable à l'oreille, jetant lui aussi un coup d'œil en direction de la cabine de pilotage pour essayer d'attirer l'attention de l'équipage, non pas ostensiblement, en faisant des grands signes comme Marie, mais de façon plus détournée, en essayant de placer ouvertement son corps dans leur champ de vision. Il n'obtint pas plus de résultat et retourna attendre auprès de Marie. Le chef d'escale de la Lufthansa les rejoignit bientôt, descendant de voiture et se hâtant vers eux sous la pluie dans son grand ciré noir pour leur présenter ses excuses, confus que personne n'ait été là pour les accueillir à l'avion, en raison d'un problème de communication avec l'équipage. Déjà, plusieurs agents de piste japonais en combinaison grise avaient surgi de différents véhicules techniques et s'activaient sous la porte de chargement du fret. La stalle de voyage du cheval avait été installée sur une plate-forme élévatrice à doubles ciseaux, et plusieurs techniciens s'affairaient sous la pluie autour du caisson métallique à la lueur de torches et de lanternes électriques. Le chef d'escale de la Lufthansa supervisait les opérations en s'entretenant avec un des Japonais en blazer qui venait de les rejoindre. Marie observait la scène à distance quand une porte, lentement, s'ouvrit à l'avant du Boeing. Un des pilotes apparut au-dessus du vide, sa silhouette en uniforme se découpant dans l'embrasure de la porte. Dès qu'une passerelle fut installée sous la porte, Jean-Christophe de G. et Marie purent commencer à embarquer leurs bagages dans l'avion. Ils réunirent les derniers sacs qui demeuraient sur le tarmac, et ils étaient en train d'escalader la passerelle pour rejoindre l'avion, quand ils aperçurent à côté d'eux, en apesanteur dans les airs, la stalle de voyage du cheval — avec le pur-sang vivant à l'intérieur —, qui montait lentement dans la nuit le long du fuselage du Boeing 747 cargo. Arrivée à la hauteur de la soute, la plate-forme, après un à-coup brutal qui fit trembler la stalle sur elle-même sur la plate-forme du pantographe, fut poussée horizontalement dans l'ouverture noire et béante de la soute et la stalle disparut dans les entrailles de l'avion.

En accédant à l'avion, Marie eut la désagréable surprise de constater qu'il n'y avait pas de sièges pour les passagers. Les bras chargés de paquets, elle entra dans une immense soute, à peine éclairée, où étaient stockés des conteneurs. Le sol, nu, métallique, parsemé de traces résiduelles de pluie consécutives au chargement du fret, était recouvert de rouleaux de manutention motorisés, qui assuraient le transport automatique des palettes dans la soute. Jean-Christophe de G. alla rejoindre la stalle du pur-sang qui venait d'embarquer à l'autre extrémité de la soute, et Marie le suivait en prenant garde où elle mettait les pieds, évitant les rails sur le sol, inquiète, désorientée dans cet espace brut et inaccueillant. Lorsque, après un quart de tour, la stalle du cheval fut positionnée dans l'axe longitudinal de l'avion, le box se mit en route automatiquement sur le tapis de manutention, que le chef d'escale de la Lufthansa manœuvrait à distance à l'aide d'un boîtier fixé dans la paroi de l'appareil. La stalle de voyage, mouillée, dégoulinant de pluie, glissait toute seule dans l'obscurité de la soute, tressautant bruyamment le long des rouleaux métalliques dans l'immense boyau convexe de l'avion. Deux techniciens marchaient à côté d'elle pour l'escorter et veiller à ce qu'elle ne quittât pas les rails. Le box traversa les soutes et s'immobilisa à l'avant de l'appareil, face au fuselage, dans le nez du Boeing 747, où il fut stabilisé sur le sol à l'aide de taquets. Le Japonais en blazer fit un rapide tour d'inspection de la stalle pour vérifier l'arrimage. Puis, expliquant à Jean-Christophe de G. qu'il n'avait pas eu le temps d'examiner le pur-sang depuis qu'on l'avait rattrapé, il lui remit une trousse de soins d'urgence pour soigner ses blessures. Le chef d'escale de la Lufthansa échangea encore quelques mots avec le pilote avant de quitter l'avion par la passerelle avant, et les portes du Boeing furent fermées une par une.

Jean-Christophe de G. et Marie rejoignirent le pont supérieur, précédés par le pilote qui les guidait dans les soutes parmi des entassements de conteneurs. Ils suivaient un étroit chemin balisé, longèrent un lot de cinq cents photocopieuses de bureau conditionnées sous vide qui étaient entreposées dans la pénombre. Le pilote déploya une échelle télescopique très raide, souleva une trappe et les invita à monter. Le pont supérieur du Boeing n'était pas davantage aménagé pour les passagers. Dans cet espace désert, seuls quelques sièges étaient réservés aux cargonautes qui accompagnaient les marchandises. Le sol était recouvert d'une moquette rase et usée, et une unique rangée de sièges, étroits, rudimentaires, se trouvait derrière la porte du cockpit. Un Japonais endormi était déjà assis là, en survêtement et en chaussettes, qui somnolait sur son siège, un masque de sommeil sur les yeux. Pour le reste, ils étaient seuls dans l'avion avec les pilotes. Ils eurent à peine le temps de prendre place sur leurs sièges que le commandant de bord ouvrit la porte du poste de pilotage et demanda à Jean-Christophe de G. d'aller rejoindre le pur-sang dans la soute, car le départ était imminent, et qu'il est d'usage, lors du transport des chevaux de course, que les accompagnateurs soient présents dans les stalles pour réconforter les animaux au moment du décollage.

Jean-Christophe de G. et Marie étaient redescendus dans la soute. Les lumières avaient encore été réduites d'un cran en vue du décollage et, à part les voyants verts des sorties de secours, on ne voyait plus rien dans les profondeurs de l'avion, seules de fantomatiques veilleuses bleues restaient allumées au plafond. Le Boeing 747 cargo s'était mis en route, il avait quitté son aire de stationnement et roulait lentement dans la nuit pour rejoindre la piste de décollage. Le vent, très fort, faisait vibrer le fuselage et de violentes rafales secouaient parfois la cargaison au fond des soutes. L'avion s'était arrêté en bout de piste, attendant l'autorisation de décoller de la tour de contrôle. Marie, penchée en avant, regardait dehors à travers un petit hublot noyé de pluie, qui ruisselait d'une fine pellicule d'eau continue. Des lumières fortement irisées, blanches, jaunes, parfois rouges, fixes ou clignotantes, se devinaient au loin dans la nuit, feux d'obstacle aux angles des bâtiments de l'aérogare et balisage régulier des pistes sur le sol, qui allaient se mêler aux puissants phares de roulage allumés de l'avion dans lesquels tombaient des torrents de pluie.

Jean-Christophe de G. avait déverrouillé la porte de la stalle et avait rejoint le cheval à l'intérieur. Zahir, immobile, la tête baissée, semblait calme dans son box, il n'avait plus les yeux bandés et on l'avait délivré de la grosse corde de chanvre qui lui entravait la patte. Il portait une courte couverture en velours sur le dos, et ses paturons étaient toujours délicatement protégés de dérisoires bandelettes en néoprène, maculées de saleté et de boue, de multiples traces d'éclaboussures brunâtres consécutives à la poursuite. Jean-Christophe de G. n'eut pas le temps d'examiner sa blessure, car une annonce se fit entendre dans les haut-parleurs de l'avion, brève, sèche, à peine compréhensible parmi les crachotements et grésillements des haut-parleurs, et l'avion se mit en mouvement, commença à prendre de la vitesse sur la piste, tremblant de toutes parts, la porte de la stalle battant sur elle-même, que Marie essayait de retenir, l'ensemble du chargement des soutes ballotté et secoué sur place dans un cliquetis général de sangles et de chaînes, de crochets, de feuillards, de tendeurs et de fermoirs.

Jean-Christophe de G. tenait fermement Zahir en bride, son visage plaqué contre l'encolure du cheval, et il lui parlait à voix basse pour l'apaiser. Le cheval, effrayé par la montée en puissance des réacteurs et le vacarme croissant qui régnait dans les soutes, se débattait parfois, faisait un écart en secouant la tête. L'avion prenait toujours plus de vitesse, et des lignes de lumière filaient de plus en plus vite dans la nuit à travers le hublot de la porte de la soute, et, lorsque, dans une irrésistible poussée des réacteurs, le Boeing 747 cargo s'arracha du sol pour prendre son envol, Marie manqua de perdre l'équilibre et tous ses repères se brouillèrent un instant, elle eut fugitivement envie de remonter s'attacher sur son siège. Elle fit quelques pas, erratiques, tanguant, les bras écartés, dans l'obscurité de la soute, en direction de la trappe qui menait au pont supérieur, mais revint aussitôt sur ses pas, consciente qu'elle ne parviendrait jamais à remonter toute seule. Le Boeing était fortement secoué dans les airs. Il peinait à trouver son assise et continuait à gagner de l'altitude à la force des réacteurs, en prenant de plein fouet des masses d'air hostiles et tourbillonnantes. Chahuté par le vent, il traversait d'épais nuages de pluie, des trombes d'eau s'abattaient sur le fuselage. Le tonnerre grondait à l'extérieur, et on apercevait des éclairs dans la nuit à travers les hublots de la soute, dont les prolongements allaient se réverbérer au plafond en d'inquiétantes lueurs blanches, électriques et zébrées.

Ce n'est qu'une dizaine de minutes après le décollage que les conditions atmosphériques, devenues plus paisibles, permirent à Marie de rejoindre Jean-Christophe de G. dans la stalle de voyage. Le cheval était calme et attaché, il semblait prostré, comme assommé par un puissant sédatif. Marie se faufila dans le box, longea le flanc du pur-sang dans la pénombre. C'était une stalle de voyage métallique, sombre et étroite, des traces d'humidité suintaient sous l'élégant capitonnage de molleton bleu matelassé, et le sol, rigide, caoutchouteux, était en partie recouvert d'une litière de paille dans laquelle s'enfonçaient les chaussures. L'avion continuait de monter pour rejoindre son altitude de croisière. Les turbulences n'avaient pas cessé, et Jean-Christophe de G. devait parfois se retenir d'une main aux parois de la stalle en examinant la blessure du cheval à la lueur d'une lampe de poche. Il n'avait pas à proprement parler de connaissances vétérinaires, mais il lui était arrivé dans le passé de soigner lui-même ses chevaux, de leur faire un bandage ou de leur administrer une piqûre. Le genou de Zahir était ouvert, les chairs meurtries et la peau déchirée, qui s'était retroussée en de multiples petits lambeaux déchiquetés. Jean-Christophe de G. avait sorti un mouchoir de sa poche et nettoyait délicatement la plaie, ôta quelques derniers poils collés autour de la blessure, puis, ouvrant la trousse de premiers soins que lui avait confiée le Japonais, il examina son contenu, divers flacons, fioles, tubes de pommade, compresses, rouleaux de gaze, ciseaux. Il sortit un étui à lunettes de la poche de sa veste et mit ses lunettes avec soin dans le box, c'était la première fois que Marie lui voyait porter des lunettes (sans doute, par coquetterie, avait-il évité jusque-là de mettre ses lunettes en sa présence, et il parut savoureux à Marie de faire cette attendrissante découverte dans la soute d'un avion en vol), pour lire l'étiquette du flacon des laboratoires Schein Inc., Povidon Topical Solution, qui contenait une longue notice en anglais en caractères minuscules, qu'il parcourut du regard en la tenant très près de ses yeux (oui, c'est ça, de la teinture d'iode, très bien, dit-il, on pourra en ajouter quelques gouttes pour désinfecter la plaie).

La stalle de voyage du cheval était sommaire, mais bien équipée, qui comptait des réserves de fourrage et de paille, de l'eau, plusieurs bidons de cinq litres. Jean-Christophe de G. avait rempli une bassine au robinet d'un bidon, et, accroupi dans la stalle, il versa quelques gouttes de soluté physiologique dans l'eau de la bassine, à quoi il ajouta un soupçon de solution antiseptique, jusqu'à ce que le mélange, qu'il touillait délicatement du bout des doigts, atteignît une couleur de thé oolong très léger, avec quelques linéaments plus foncés, couleur réglisse, comme des veines ondoyantes, sinueuses, qui stagnaient entre deux eaux. Il se releva, précautionneusement, ballotté par les secousses de l'avion, et s'approcha du cheval en titubant, la bassine à la main, dans laquelle l'eau dansait en clapotant, débordant par vaguelettes dans la paille. Il tenait précieusement la bassine contre sa poitrine pour la protéger des soubresauts de l'avion et commença à nettoyer la blessure, frottant les chairs meurtries avec une compresse humide, détachant les impuretés collées autour de la plaie, gravillons, poussières et autres corps étrangers qui demeuraient incrustés dans les tissus lésés. Le cheval, les yeux absents, se laissait faire, paraissait insensible. Il recula simplement une fois, brutalement, témoignant qu'il pouvait toujours être dangereux.

L'avion était entré dans une nouvelle zone de turbulences. Il était de plus en plus secoué maintenant, les bidons en plastique s'entrechoquaient sur le sol, les courroies valsaient le long de la cloison, la trousse de premiers soins finit par glisser par terre, son contenu se répandant dans la litière, fioles renversées, petits ciseaux dans la paille. La situation devenait critique dans le box, Marie devait se retenir aux montants de la mangeoire pour éviter d'être projetée contre le cheval, et, dans les haut-parleurs de l'avion, se faisaient entendre les échos étouffés et lointains de pressantes annonces d'urgence auxquelles ils ne comprenaient rien, devinant simplement qu'on devait leur demander d'aller rejoindre leurs sièges et d'attacher leurs ceintures. Les lumières s'allumèrent soudain toutes à la fois aux plafonniers des soutes, éclairant violemment les lieux, jetant une lumière crue sur les amoncellements de palettes qu'on devinait à travers la porte ouverte de la stalle, puis les néons vacillèrent au plafond et s'éteignirent, il n'y avait plus aucune lumière dans les soutes, même les veilleuses s'étaient éteintes. Le cheval, aux aguets, qui ressentait la nervosité ambiante, était de plus en plus agité dans le box, il trépignait sur place, reculait, tirait en avant et en arrière sur sa longe, faisant tinter l'anneau de la mangeoire auquel il était attaché. Il voulut faire volte-face, et se cabra dans le box, se redressa et se mit à hennir, la gueule ouverte, découvrant soudain ses dents et ses gencives dans le noir. Marie crut qu'il était parvenu à se libérer, et elle prit peur, elle quitta précipitamment la stalle.

Ils avaient quitté tous les deux la stalle précipitamment, dans un même mouvement de panique et d'abandon, la lampe de poche était tombée par terre dans la bousculade, ils ne l'avaient même pas ramassée, ils avaient longé les cloisons sans s'arrêter, sans revenir sur leurs pas, laissant la lampe de poche allumée derrière eux dans la paille, le mince faisceau oblique entre les pattes du cheval. Ils s'étaient jetés dehors et ils s'étaient brusquement retrouvés dans les ténèbres des soutes, où le grondement des réacteurs se faisait entendre avec une force démultipliée. Le cheval continuait de s'agiter furieusement dans la stalle, il avançait et reculait sur place, il marcha sur la lampe de poche et l'écrasa, comme une noix, sous son sabot, la pulvérisa dans un bruit de verre brisé, mouchant d'un coup l'ultime infime lumière qui demeurait dans les soutes. Le box était complètement plongé dans les ténèbres à présent, empli de la silhouette noire du cheval, mobile, invisible, qui s'agitait bruyamment dans l'étroit compartiment cloisonné.

Ils s'éloignèrent en courant, ils ne savaient pas où aller, ils ne retrouvaient plus l'échelle qui menait à la trappe, ils erraient côte à côte dans le noir à la recherche d'un abri où se réfugier, de quelque prise à quoi s'agripper. Ils butaient sur des rails, ils glissaient sur des billes et des galets, ne distinguant plus les limites des tapis roulants répartis sur le sol, quittant les chemins balisés et s'aventurant au milieu des rouleaux, qui n'étaient pas fixés et se mettaient à tourner sur eux-mêmes sous leurs pas dans un bruit affolant de bande de roulement de tapis de manutention qui se mettait en marche. Ils dansaient, sur place, sur le sol qui se dérobait sous eux, emportés par les rouleaux, faisant de grands mouvements des bras pour garder l'équilibre, s'accrochant l'un à l'autre, mais vacillant, mettant une main à terre, Jean-Christophe de G. finissant par lâcher sa bassine, qui se mit à rouler par terre, à la dérive, sur le plancher, ils la voyaient rebondir sur le sol métallique, brutalement projetée en l'air à chaque soubresaut de l'avion. Ils revinrent sur leurs pas, péniblement, dans le noir, comme progressant contre le vent, penchés en avant, restant collés aux parois de l'avion où une sorte de chemin naturel était aménagé le long du fuselage. Ils s'arrêtèrent contre la porte de la soute, qui tremblait avec fracas sur elle-même. Ils sentaient physiquement les vibrations de la coque, ses oscillations, ses trépidations, sous la pression des masses d'air et de vent déchaînées que traversait l'avion, sachant que de l'autre côté de la paroi, à dix, vingt centimètres à peine, on entrait de plain-pied dans la nuit définitive.

Ils s'étaient accroupis sur place et ils ne bougeaient plus. Devant eux, des silhouettes de conteneurs bougeaient sur leurs bases dans des torsions de filins et des grincements métalliques. À travers le hublot, on apercevait les flashs réguliers des feux à éclats que l'avion lançait lui-même dans la nuit, courts, blancs, silencieux, intenses. Ils ne savaient plus où ils étaient. Ils entendaient Zahir gémir dans le noir à quelques mètres d'eux, le cheval s'était calmé, il n'émettait plus que des sons rauques, étouffés, plaintifs. Il tenait à peine debout, il transpirait, il bavait, la salive s'écoulait de sa bouche, il ne cherchait même pas à la retenir, une mousse blanchâtre dégoulinait le long de ses mâchoires. Il paraissait avoir été drogué, alternant des instants d'excitation et des périodes d'abattement. Peut-être qu'un calmant lui avait été administré juste après la poursuite, cela avait pu avoir lieu très vite, à l'insu de Jean-Christophe de G., par intraveineuse, à l'abri des regards, un coton imbibé d'alcool pour désinfecter l'encolure et, discrètement, le coup sec de l'aiguille dans la jugulaire. Son cœur, qui avait dû monter à près de deux cents pulsations minute au moment du décollage, continuait de battre de façon désordonnée, alors qu'il était au repos à présent, qu'il ne faisait aucun effort, qu'il se contentait de se maintenir en équilibre dans le box, de se replacer, de se repositionner dans la stalle à chaque nouveau soubresaut de l'avion, appuyant sur ses postérieurs pour essayer de conjurer les secousses. Zahir se sentait mal, il avait la nausée, il était barbouillé. Il demeurait immobile, prostré, les yeux ouverts, les naseaux dilatés. Il grattait misérablement le sol, il faisait un trou, régulier, inutile, dans la paille, de la pointe du sabot. Il ne faisait rien, il souffrait, une souffrance vague, légère, écœurante, et pas même une souffrance, une simple nausée, plane, immobile, illimitée. Rien n'advenait. Rien, la persistance du réel.

Zahir n'avait d'autre état de conscience que la certitude d'être là, il avait cette certitude animale, silencieuse, tacite, infaillible. Ce qu'il y avait au-delà de la stalle lui était inconnu, le ciel, la nuit et l'univers. Son pouvoir d'imagination se bornait aux parois qu'il avait devant lui, son esprit butait sur elles et rebondissait pour revenir aux nébulosités de sa propre conscience. C'était comme si des œillères mentales empêchaient Zahir de concevoir le monde au-delà de son champ de vision, borné de toutes parts, noir, aveugle, métallique. Il était incapable de sortir des limites matérielles de son box, de se déplacer en esprit dans la nuit où volait le Boeing, il n'éprouvait pas ce désir immémorial de toujours vouloir repousser les limites pour aller voir au-delà, et, à supposer même qu'il y fût parvenu, qu'il eût pu traverser en pensée les parois de l'avion — passant à travers sa peau rivetée, franchissant le fuselage —, il serait aussitôt parti en vrille dans le ciel, les quatre fers en l'air, Icare se brûlant les ailes en voulant sortir du rêve qu'il était en train d'imaginer.

Car Zahir était autant dans la réalité que dans l'imaginaire, dans cet avion en vol que dans les brumes d'une conscience, ou d'un rêve, inconnu, sombre, agité, où les turbulences du ciel sont des fulgurances de la langue, et, si dans la réalité, les chevaux ne vomissent pas, ne peuvent pas vomir (il leur est physiquement impossible de vomir, leur organisme ne le leur permet pas, même quand ils ont mal au cœur, même quand leur estomac est surchargé de substances toxiques), Zahir, cette nuit, à bout de forces, titubant dans sa stalle, tombant à genoux dans la paille, la crinière plaquée sur la tête, les poils emmêlés, torsadés, enduits d'une mauvaise sueur sèche, les mâchoires molles, la langue pâteuse, mastiquant dans le vide, sécrétant une salive aigre, transpirant, se sentant mal, essayant de se redresser dans sa stalle, faisant un pas de côté sur ses jambes flageolantes et perdant de nouveau l'équilibre, à deux doigts de s'effondrer sans connaissance dans le box, retombant, lentement, au ralenti, sur ses genoux, s'affaissant, les antérieurs ployés, l'estomac lourd, distendu par les fermentations, sentant les aliments lui monter le long du ventre, des sueurs froides lui noyant maintenant les tempes et éprouvant soudain cette proximité concrète, physique, avec la mort, que l'on éprouve quand on va vomir, cette affreuse salive qui remonte dans la bouche et annonce l'imminence des vomissements, quand les viscères se contractent et que les aliments affluent dans la gorge et commencent à remonter dans la bouche, Zahir, cette nuit, indifférent à sa nature, traître à son espèce, se mit à vomir dans le ciel dans les soutes du Boeing 747 cargo qui volait dans la nuit.

Le jour de la course, déjà, Zahir s'était senti mal. Devant sa nervosité inhabituelle, son entraîneur avait décidé de lui faire porter un bonnet de course, sorte de cagoule noire ajourée qui se découpait sur sa tête comme un masque de fer, les oreilles dégagées, des coquilles en plastique fermant son regard sur les côtés. Le pur-sang, le regard obstrué, la tête et l'encolure perpétuellement en mouvement pour essayer d'élargir son champ de vision, était très agité dans le rond de présentation. Une foule serrée se pressait autour des barrières du paddock, où les chevaux défilaient au pas dans un crachin grisâtre, des couvertures sur le dos, menés en longe par des lads en costume. Zahir, noir, puissant, fébrile, multipliait les incartades, faisait de brusques écarts, dansait sur place dans l'allée en martelant le sol dans des claquements de sabots impétueux, rattrapé par son lad, qui ne l'avait jamais vu dans cet état et lui passait fermement la main sur les naseaux pour le contenir. Sur un grand panneau d'affichage, semblable aux tableaux d'arrivées électroniques en perpétuel changement des aéroports, des milliers de données chiffrées indiquaient les cotes fluctuantes des chevaux au départ, dont les noms mystérieux, en katakanas sibyllins, émergeaient en diodes rouges électroluminescentes du brouillard pluvieux qui recouvrait l'hippodrome de Tokyo. C'était la première fois que Marie se rendait sur un champ de courses, et elle était fascinée par l'ambiance qui régnait autour d'elle dans le paddock à quelques minutes du départ du *Tokyo Shimbun Hai*. Elle se tenait dans le carré réservé aux propriétaires en compagnie de Jean-Christophe de G., parmi une faune hétéroclite d'entraîneurs et de turfistes, mélange de silhouettes occidentales et japonaises, les jockeys disséminés au milieu des petits groupes, sérieux, cambrés, de grosses lunettes de course sur leur toque rembourrée, le pantalon blanc moulant et la cravache à la main, qui échangeaient quelques mots avec les propriétaires avant la course, dans un bouquet de chapeaux colorés et de parapluies transparents, qui s'estompaient dans les vapeurs humides qui enveloppaient le paddock.

Marie, immobile, les mains autour des bras, observait en rêvassant les tenues des jockeys, leurs bigarrures et leurs couleurs, et elle imaginait une collection de haute couture sur le thème de l'hippisme, qui reprendrait les motifs géométriques des casaques, combinerait des arrangements de cercles et de losanges, de croix, d'étoiles, d'épaulettes et de brandebourgs, une pléthore de pois, de rayures, de chevrons, de bretelles, de tresses et de parements, où, sur des rouges Magenta ou de Solferino, elle oserait des manches cerise, des toques coquelicot ou mandarine, des dos ventre de biche. Elle jouerait de la framboise et de la jonquille, de la capucine et du chaudron, du lilas, de la pervenche, de la paille et du maïs, en se servant d'étoffes infroissables et de tissus indiens, des soies pures et mélangées, des taffetas, des tussahs et des tussors, et, pour le bouquet final, elle parachèverait le défilé en lançant une cavalcade de mannequins sur le podium, une harde de pouliches qui galoperaient, crinière au vent, dans des robes de toutes les couleurs : alezan, noir, rouan, bai, palomino, agouti, isabelle et champagne.

Marie demanda à Jean-Christophe de G. si, dans toutes les langues, on parlait de *la robe* des chevaux. Est-ce que c'était le même mot en anglais pour désigner la couleur de leur crin ? *A dress ?* Jean-Christophe de G. lui dit que non, qu'en anglais, on disait *coat*, un manteau — à cause du climat, lui expliqua-t-il en souriant, en France, les chevaux peuvent se contenter d'une robe, en Angleterre, ils ont besoin d'un manteau (et d'un parapluie, naturellement, ajouta-t-il avec flegme). Jean-Christophe de G. et Marie étaient arrivés au *Tokyo Racecourse* en début d'après-midi. Ils avaient suivi les premières courses dans les loges réservées aux propriétaires au dernier étage de l'hippodrome. Là, dans de luxueux salons privés, de larges baies vitrées panoramiques surplombaient les pistes en offrant une vue dégagée sur le champ de courses. Un épais brouillard bouchait l'horizon ce jour-là et faisait disparaître les confins de l'hippodrome dans la brume. Marie, lasse, égarée, regardait les courses debout derrière la baie vitrée, suivant distraitement des yeux un peloton irréel de pur-sang qui glissaient immobiles dans le brouillard le long des barrières de la ligne opposée. Jean-Christophe de G. venait parfois la chercher et ils passaient la porte-fenêtre qui donnait sur la tribune pour suivre l'arrivée en plein air, et, d'un coup, alors, dans l'air humide et tremblant de l'après-midi, leur montait aux oreilles la clameur de la foule de quatre-vingt mille personnes présentes dans l'hippodrome qui encourageaient les chevaux à l'entrée de la dernière ligne droite dans une vague de hurlements et d'encouragements frénétiques, une ferveur de bras tendus et saccadés, qui allaient crescendo jusqu'au passage du poteau, le tumulte ne retombant qu'une fois la ligne franchie. Les propriétaires regagnaient alors leurs salons privés, s'attardaient dans les loges. Une pléthore d'hôtesses d'accueil en uniforme s'inclinaient sur leur passage, baissaient la tête avec cérémonie, tandis que les propriétaires prenaient un verre au buffet ou revivaient la course sur un des multiples écrans du circuit de télévision interne qui rediffusait la course en boucle dans les salons.

La parade des chevaux était sur le point de se terminer dans le rond de présentation, les jockeys prenaient congé des propriétaires. Ici et là, attendant leur monture dans l'allée, marchant un instant à côté d'eux, les jockeys grimpaient en selle d'un seul mouvement, souple, léger, enveloppant, et la ronde se poursuivait, les jockeys en selle à présent, toujours conduits en main par leurs lads. Marie suivait des yeux le jockey qui montait Zahir, un jockey irlandais qui portait les couleurs de l'écurie de Ganay, casaque jaune, toque verte. Il était en train d'ajuster la lanière de son casque, la fixant autour de son menton, les jambes encore libres le long des flancs du cheval, les bottes pas encore casées dans les étriers. Les chevaux, au sortir du paddock, prenaient la direction des stalles de départ en entamant un léger canter sur la piste, les jockeys dressés sur les étriers, qui semblaient flotter en suspension au-dessus des selles.

Déjà, les propriétaires quittaient le paddock. Jean-Christophe de G. et Marie se pressaient dans la foule pour rejoindre le bâtiment des tribunes et regagner leur loge. Ils entrèrent dans le vaste hall du rez-de-chaussée et traversèrent à grands pas la salle des guichets enfumée, parmi des visages durs, des blousons courts, des silhouettes affairées, dans des salissures d'humidité et de pluie, des tickets de paris périmés traînant par terre, au milieu de barquettes usagées, de journaux de courses chiffonnés ouverts sur des photos pleines pages de jockeys aux couleurs délavées que barraient de grands titres parsemés de kanjis. Des centaines de parieurs faisaient encore la queue aux multiples guichets, attendant leur tour en jetant un coup d'œil sur les écrans des moniteurs qui donnaient les dernières cotes des partants, consultant le programme et cochant le nom d'un cheval. Certains, assis par terre, déchaussés et en costume, la cravate dénouée, mangeaient un riz gluant avec des baguettes sans quitter l'écran des yeux, leurs chaussures alignées devant eux, en sirotant du thé brunâtre dans des petites bouteilles en plastique. Il y avait un brouhaha continu dans la salle, une odeur de pluie et de tabac humide, qui se mêlait à des relents de sauce caramélisée et de soja. Jean-Christophe de G. et Marie avaient rejoint un escalier roulant qui menait au deuxième étage, puis ils prirent un autre escalator pour rejoindre le troisième niveau. D'incessantes annonces en japonais résonnaient dans les haut-parleurs de l'hippodrome. Aux étages supérieurs, les espaces étaient plus lumineux, moins enfumés, la foule était plus clairsemée dans les coursives. Un réseau de couloirs et de passerelles de verre se répondait comme dans une galerie marchande, dans un dédale superposé de ponts intérieurs, de cafés, de restaurants et de boutiques de souvenirs. Un dernier escalator privé menait aux salons particuliers des officiels et des propriétaires. L'entrée, réservée, était protégée par un tourniquet métallique à trois bras sur lequel veillaient des hôtesses d'accueil vêtues de petits tailleurs roses. Jean-Christophe de G. fit glisser une carte magnétique dans le tourniquet pour franchir l'obstacle avec Marie. Ils se laissaient monter lentement sur l'étroit escalator privé qui menait aux salons VIP de l'hippodrome, côte à côte sur les marches, jetant un coup d'œil sur l'animation qui régnait en contrebas, quand Marie m'aperçut dans la foule.

Elle m'aperçut, moi, là, debout dans une allée. Elle ne fit aucun mouvement, n'esquissa aucun geste, son cœur avait cessé de battre. Cela faisait plusieurs jours que j'avais disparu de sa vie, que je ne lui avais plus donné aucune nouvelle et qu'elle ne savait même pas si j'étais toujours à Tokyo. Il ne faisait pourtant aucun doute que c'était moi, elle avait reconnu ma silhouette, de profil dans une allée, une barquette de tako-yaki à la main, que j'étais en train de manger avec des baguettes au milieu de la travée, un peu à l'écart de la foule. Les tako-yaki fumaient légèrement dans la barquette, recouverts d'une couche de pelures de daikon finement râpé en minces copeaux bouclés brunâtres, que la chaleur animait et semblait irradier de vie.

Que faisais-je là ? Je n'aurais sans doute jamais dû me trouver là, la probabilité que je me rende aux courses ce jour-là à Tokyo était infime (j'étais tombé par hasard le matin sur un article du *Japan Times* qui annonçait la réunion), et la probabilité que Marie y soit en même temps que moi était quasiment nulle. J'étais pourtant soudain confronté à l'improviste à la présence de Marie, je l'avais aperçue moi aussi, je voyais Marie à une vingtaine de mètres de moi, immobile sur les marches de l'escalator, accompagnée d'un homme que je ne connaissais pas, un homme plus âgé qu'elle en élégant manteau sombre et écharpe de cachemire. Elle n'était pas à son bras, mais elle était avec lui, cela sautait aux yeux, elle était implicitement avec lui, elle était violemment avec lui, la minuscule distance qui les séparait était plus violente que s'ils s'étaient touchés, mais il n'y avait pas de contact entre eux, ils se frôlaient de l'épaule, un infime écart de vide demeurait entre leurs manteaux. Je regardais Marie, et je voyais bien que je n'étais plus là, que ce n'était plus moi maintenant qui étais avec elle, c'était l'image de mon absence que la présence de cet homme révélait. J'avais sous les yeux une image saisissante de mon absence. C'était comme si je prenais soudain conscience visuellement que, depuis quelques jours, j'avais disparu de la vie de Marie, et que je me rendais compte qu'elle continuait à vivre quand je n'étais pas là, qu'elle vivait en mon absence — et d'autant plus intensément sans doute que je pensais à elle sans arrêt.

Nos regards se croisèrent, et je fis un pas en avant pour rejoindre Marie, mais je fus arrêté par le tourniquet, et je compris d'instinct que je ne pourrais pas passer, sans même devoir demander l'autorisation aux hôtesses. Je continuais de regarder Marie dans les yeux, Marie qui s'éloignait de moi, à la fois immobile et en mouvement sur les marches de l'escalator, comme prisonnière d'un soudain engourdissement du réel, d'un appesantissement du monde, Marie, paralysée, incapable d'aller dans le sens contraire de la marche et de revenir vers moi, de braver les convenances et de redescendre l'escalier roulant à contresens en se tenant à la rampe, luttant à contre-courant pour venir me rejoindre et m'étreindre sous les yeux effarés des témoins. Je voyais Marie s'éloigner de moi au rythme lent de l'escalator qui montait — Marie, immobile, de la détresse dans les yeux — je ne pouvais pas la retenir, je ne pouvais pas l'atteindre, j'étais bloqué au pied de l'escalator, et elle ne pouvait pas me rejoindre, elle ne me faisait aucun signe, le visage perdu, triste, qui s'éloignait de moi au rythme de l'escalator qui montait. Je la regardais s'éloigner de moi avec le sentiment qu'elle était en train de passer sur une autre rive, qu'elle s'éloignait vers l'au-delà, un au-delà indicible, un au-delà de l'amour et de la vie, dont je devinais les profondeurs rougeoyantes en haut de l'escalator, derrière les portes capitonnées des salons privés de l'hippodrome. L'escalator les menait vers ces territoires mystérieux auxquels je n'avais pas accès, l'escalier roulant était le vecteur de leur passage, un Styx vertical — marches métalliques striées verticalement, rampe en caoutchouc noir — qui les emportait vers l'Hadès.

Marie ne bougeait pas, les yeux voilés, fixes, absents, elle se laissait emporter par l'escalator, impuissante, triste et passive, et moi ne la quittant pas des yeux, contournant l'escalator et marchant à côté d'elle pour maintenir constante la distance qui nous séparait, mais la sentant irrémédiablement s'éloigner de moi, continuant de la suivre des yeux pour ne pas la laisser disparaître de ma vue, sentant qu'elle était en train de m'échapper à jamais, mais ne tentant rien non plus pour la rejoindre, ne cherchant pas à passer en force l'obstacle du tourniquet pour essayer de l'arracher à son destin. Je croyais, sur le moment, que c'était la dernière fois que je la voyais, je la regardais s'éloigner lentement sur l'escalator, et j'avais envie de la serrer une dernière fois dans mes bras pour un ultime adieu. J'eus alors, à l'instant, la certitude que, si Marie disparaissait de ma vue maintenant, si elle passait le seuil de ces lourdes portes capitonnées des salons privés de l'hippodrome, ce serait la dernière fois que je la verrais — et qu'elle mourrait (mais ce que j'ignorais alors, c'est que, si mon affreux pressentiment allait bien se vérifier dans les mois à venir, ce n'était pas Marie qui allait mourir, mais l'homme qui l'accompagnait).

III

Au début de l'été suivant, Marie s'était rendue à l'île d'Elbe. Son père était mort un an plus tôt, et rien n'avait bougé dans la maison de l'île d'Elbe depuis l'été dernier, elle n'y était pas retournée de l'année, et les volets étaient restés hermétiquement fermés depuis son départ. Marie avait retrouvé une maison abandonnée, sombre et silencieuse, qui sentait la poussière, le bois tiède et le renfermé. Elle avait dû prendre des décisions douloureuses, débarrasser la chambre de son père et vider son bureau. Elle avait regardé des photos en classant les papiers, elle avait jeté un coup d'œil ému sur des vieilles lettres, des documents, des notes de travail, elle avait vidé les armoires, avait enfoui son visage dans la laine d'un pull-over pour retrouver furtivement l'odeur de son père. Elle l'avait fait avec résolution, en pleurant à peine, pratiquement à sec, les larmes allant se mêler aux moisissures et aux poussières. Ses yeux étaient rougis et picotaient, comme si elle avait de l'asthme, et elle reniflait doucement, en laissant couler sur ses joues cette humeur salée, transparente et légère.

Marie avait décidé d'occuper la chambre de son père au premier étage. Elle avait ouvert les fenêtres en grand pour aérer, elle avait lavé par terre à grande eau dans la belle lumière matinale de juillet qui se reflétait sur le sol mouillé de la chambre. Elle avait refait le lit, choisissant une paire de vieux draps en batiste qu'elle aimait, rustiques et rugueux, un peu rêches sous la peau, et elle avait entassé les affaires de son père dans des caisses et des valises qu'elle avait entreposées dans le couloir de l'étage. Elle avait apporté des tissus de Paris pour remplacer les vieux rideaux et le couvre-lit de son père, plusieurs assortiments de bleu et de vert, les couleurs de la Rivercina, le turquoise et le pastel, l'azur et le vert d'eau, l'ultramarin et l'olivier, comme autant de combinaisons possibles des armoiries apocryphes de la maison de Montalte à l'île d'Elbe (avec la salamandre comme animal héraldique, avait décrété son père un jour qu'il lézardait sur la terrasse). Marie était montée sur une chaise pour fixer les rideaux aux gros anneaux de bois de la tringle, et, dès la première nuit, elle avait dormi dans la chambre de son père.

Le lendemain, Marie s'était réveillée tôt, dans une pâle lumière bleue qui passait à travers les rideaux. Le jour était à peine levé, et elle était descendue pieds nus au rez-de-chaussée. Elle avait déambulé dans la maison endormie et elle était sortie sur la terrasse, pieds nus dans la faible lumière de l'aube, les cuisses nues que recouvrait un large tee-shirt blanc. L'air du matin était frais, qu'elle sentait vivifiant contre son visage et ses cuisses. Elle avait contourné la maison et s'était rendue dans le petit jardin qu'elle n'avait pas encore eu le temps de visiter. C'était le petit jardin de son père, une grille bleue rouillée en protégeait l'entrée, qui grinça quand elle la poussa pour entrer. Le jardin baignait encore dans une douce lumière grise, il était envahi d'épineux et de lianes enchevêtrés qui recouvraient la végétation comme un camouflage superficiel et sauvage. Deux vieux transats en bois étaient pliés par terre contre le mur, et le chèvrefeuille montait le long de la façade en s'accrochant aux anfractuosités des pierres irrégulières. Dans les pots en terre cuite où son père cultivait des plantes aromatiques, le thym, la sauge et le romarin, ne subsistait qu'une croûte de terre grisâtre, desséchée et lézardée, seul un pied de basilic, comme échappé des pots, avait survécu en pleine terre, parmi des ronces et de jeunes pousses de palmiers vivaces qui jetaient ici et là de petites gerbes végétales vertes et drues aux angles du jardin. Il ne restait rien des tomates de son père — les dernières tomates de son père qu'elle avait mangées l'année dernière en pleurant toute seule dans la cuisine —, seulement quelques tuteurs étiques, tordus, fichés en ligne irrégulière. Marie s'approcha de la muraillette, mit un genou à terre et reconnut là, entortillé à une tige de roseau sec qui servait d'échalas, un petit bout de ficelle élimée et bleuâtre dont son père se servait pour attacher les plants de tomates. Elle défit délicatement le nœud qui retenait le fragment de ficelle, le regarda longuement et finit par le nouer autour de son poignet.

Après avoir fait sa toilette, Marie s'était préparé un thé, qu'elle avait bu debout dans un grand bol sur la terrasse, puis elle avait été inspecter la remise à la recherche d'outils. Elle avait fait son choix dans le désordre des étagères du débarras, avait déplacé une brouette et était revenue au jardin avec une pioche et un râteau, un sécateur dépassant comme un peigne de la poche arrière de son pantalon. Elle s'était mise au travail dans le jardin, elle avait sectionné les lianes, avait taillé dans les ronces à grands coups de râteau. Elle portait un vieux chapeau de paille de son père, un jean, une chemise blanche et des tongs assez kitsch, avec une marguerite en plastique qui s'épanouissait à la commissure des gros orteils. À l'emplacement des anciens plants de tomates de son père, elle avait nettoyé la terre à la main, avait déraciné les mauvaises herbes, arraché les cardères à foulon. Elle s'était hissée sur la pointe des pieds, avait dévié de longues lianes de chèvrefeuille en prenant soin de ne pas briser les sarments, qu'elle avait détournées de la façade pour les faire grimper le long d'un treillage d'espaliers. Puis, elle avait arrosé, pensive, progressant lentement le long de la clôture en traînant derrière elle le tuyau jaune entortillé, qui rampait dans son sillage comme un sage serpent domestiqué.

L'enclos à chevaux, en contrebas de la propriété, était abandonné depuis l'été dernier. Marie avait passé la vieille barrière qui le protégeait et descendait des terrasses délaissées autrefois cultivées, le sol était bosselé, rocailleux, accidenté, où l'herbe avait poussé par touffes irrégulières entre des pans de murets écroulés et en ruine. Elle avait marché une centaine de mètres et s'était arrêtée en face de la mer, qui s'étendait en contrebas, bleue, plane, immobile, que mouvait à peine une houle imperceptible qui la ridait par moments de frissonnements indécelables. Le ciel rejoignait la mer à l'horizon, et les deux bleus se fondaient l'un dans l'autre, le bleu soutenu de la mer et celui, plus pâle, du ciel légèrement brumeux. Il n'y avait pas un bruit autour d'elle, le silence de la nature, quelques imperceptibles gazouillis d'oiseaux, un vol de papillon, une brise infime qui infléchissait avec langueur les herbes hautes de la propriété.

Marie avait passé l'été seule à la Rivercina. Parfois, en fin d'après-midi, au retour de la plage, elle allait se laver les cheveux dans le petit jardin, debout en maillot de bain contre le grillage, les pieds dans la terre ou hissée sur un caillebotis bleu, les cheveux enduits d'une mousse blanche aux exhalaisons de vanille, qu'elle lissait du bout des doigts sous le jet d'eau tiède du tuyau d'arrosage. Elle se penchait pour refermer le robinet et s'enroulait les cheveux dans une grande serviette blanche, après les avoir longuement égouttés une dernière fois, la nuque baissée vers le sol. Elle regagnait la maison, ses tongs presque aux pieds, seulement à demi enfilées, qui glissaient sur le sol en raclant les larges dalles irrégulières de la terrasse. Elle descendait l'une après l'autre les bretelles de son maillot de bain, faisait glisser le maillot le long de ses hanches et l'abandonnait là en plan sur le sol de la cuisine, montait les escaliers nue, enturbannée de blanc, ses tongs aux pieds, des marguerites entre les orteils, le corps emperlé de gouttelettes qui brillaient dans le soleil et dégoulinaient à mesure dans son sillage.

En quittant la Rivercina l'année dernière, Marie avait laissé les chevaux de son père en pension au club hippique de La Guardia. Déjà du vivant de son père, c'était Peppino, le responsable du club hippique, qui se chargeait des soins vétérinaires, passant au moins une fois par mois à la Rivercina pour examiner les chevaux, inspecter leur pelage, vérifier leur denture. Le vieux Maurizio se contentait de veiller à ce que les chevaux aient toujours à boire, et le père de Marie améliorait parfois leur ordinaire en allant leur porter lui-même une ration de foin ou un seau d'avoine supplémentaires. Il passait la barrière de l'enclos et rejoignait les chevaux avec son seau en s'adressant joyeusement à eux à distance (*ciao, ragazzi*, leur disait-il, et il leur claquait affectueusement l'encolure du plat de la main dans des ébrouements de crinière, qui faisaient s'envoler des essaims de mouches dans la poussière de l'enclos).

Marie s'était prise d'affection pour Nocciola, la jument aux yeux doux qu'elle avait montée pour la première fois l'an dernier le jour de l'enterrement de son père, lorsqu'elle avait escorté le corbillard à cheval jusqu'au cimetière sur les routes de l'île d'Elbe. Cette année, elle avait retrouvé Nocciola au club hippique au début du mois de juillet, et elle avait eu envie de la monter. Elle la montait au pas, tournant lentement dans le manège, sous la surveillance passive de la fille de Peppino, une adolescente morose assise à califourchon sur la barrière, un *telefonino* à l'oreille, qui parlait d'une voix traînante en alignant à l'occasion une brève salve de gestes éloquents de sa main retournée. Le club hippique était constitué d'un ensemble épars de maisonnettes en pierre qui s'étendait dans une sorte de clairière qui s'ouvrait au fond d'une piste poussiéreuse, avec une bâtisse pour la réception et l'accueil, une remise pour les selles et les divers harnachements, ainsi que des écuries sommaires, le toit en tôle et la structure en bois, renforcée de planches cloutées, où les chevaux passaient la nuit. De l'extérieur des box, on apercevait les crinières sombres des chevaux qui se mouvaient à l'intérieur, tandis que leurs pattes restaient immobiles sous les portes à claire-voie, comme si le bas et le haut appartenaient à des animaux distincts. Le manège était à la fois clos par des petites barrières blanches et complètement ouvert sur le maquis. Quand on était à cheval, le regard s'élevait très loin dans la nature par-delà les oliviers sauvages, jusqu'au sommet pelé de la colline, où la végétation avait été mangée par le vent et les incendies successifs. Très vite, Marie n'avait plus eu besoin de personne pour monter Nocciola, elle sellait la jument elle-même en arrivant au club et la menait au manège par la bride, montait en selle et faisait le tour de l'enclos au pas, puis, frappant résolument les flancs de la jument, elle la mettait au trot, et, au bout d'une semaine, au galop.

Un matin, à la fin du mois d'août, Marie, délaissant les vieux vêtements qu'elle portait pour monter à cheval ou pour jardiner, s'était habillée avec soin, elle s'était maquillée devant le miroir. Avant de quitter sa chambre, elle s'était passé un dernier trait de rouge à lèvres, qu'elle avait tamisé en appuyant délicatement sa bouche dans le moelleux d'un rouleau de papier hygiénique, qu'elle avait reposé sur le marbre de la commode, en y laissant l'empreinte de ses lèvres, tel un vestige muet de baiser rouge. Marie avait quitté la propriété dans la vieille camionnette break débâchée de son père, et elle roulait tranquillement sur les routes en lacets de l'île d'Elbe, la mer bleue, immobile, en contrebas, un air chaud entrait dans la voiture par les fenêtres ouvertes. À coté d'elle, sur le siège, se trouvait un bouquet de fleurs sauvages qu'elle avait composé la veille dans la cuisine, avec le raffinement inné dont elle avait toujours fait preuve pour assembler les couleurs et les tissus, sans forcer la nouveauté, sans chercher la création, un seul geste, simple, assuré, naturel, pour réunir, dans un vase, l'évidence et l'impossible, trois brins de fenouil cueillis sur le bord de la route, deux branches de jeune eucalyptus détachées d'un arbre du jardin, et un sarment de bougainvillier aux fleurs pourpre cardinalice qu'elle avait maraudé à la terrasse d'une propriété du bord de mer.

Avant d'arriver à Portoferraio, Marie avait bifurqué pour prendre une petite route qui montait en serpentant jusqu'au cimetière où était enterré son père. Là, elle s'était recueillie un instant devant sa tombe, debout, immobile dans le silence. Elle avait déposé le bouquet de fleurs sauvages sur la tombe de son père et elle était repartie sans se retourner, elle avait regagné la voiture et avait redémarré aussitôt en direction de Portoferraio. Elle était entrée dans la ville et elle avait roulé jusqu'au port, les yeux dans le vague, regardant fixement à travers le pare-brise brumeux, que voilait une épaisse couche de poussière parsemée de gouttes de résine incrustées dans le verre, qui avaient coulé du pin sous lequel la vieille camionnette break avait passé l'hiver. Marie avait suivi les quais au ralenti et elle avait laissé la voiture en plan devant les bureaux de la capitainerie. Elle était descendue et elle était ressortie du port à pied pour aller prendre un expresso au comptoir d'un des nombreux cafés ouverts sur l'esplanade qui faisait face aux docks. Elle buvait tranquillement son café, il était presque midi, elle était en beauté, elle portait un pantalon blanc et un chemisier rose parme délavé, et elle guettait le mouvement des navires dans le port. Au bout d'une vingtaine de minutes, le bateau en provenance de Piombino avait fait son entrée, et j'étais là, sur le pont du navire.

C'était la première fois que je revenais à l'île d'Elbe depuis l'été dernier, j'y revenais presque un an jour pour jour après la mort du père de Marie. J'avais voyagé dans le même bateau de la Toremar que l'année dernière, quand j'étais revenu de Chine pour assister aux obsèques de son père. Dès le départ du navire, j'avais été me réfugier dans un salon couvert de l'entrepont inférieur, et j'avais rêvassé dans l'ombre lourde et chaude d'un robuste siège aux accoudoirs métalliques. J'avais fini par m'assoupir, je somnolais dans la pénombre, bercé par les ronronnements du moteur, quand les événements de la nuit de la mort de Jean-Christophe de G. s'étaient mis à affleurer à ma conscience, sans que je cherche particulièrement à les reconstituer par un effort délibéré de la mémoire. Non, j'en revivais simplement des bribes dans mon demi-sommeil, laissant émerger quelques conjectures dans mon esprit — hypothèses et images —, en faisant appel à des zones différentes de mon cerveau, selon que j'avais recours au raisonnement pour élaborer des hypothèses, ou que j'en appelais au rêve pour invoquer des images. À quelques faits avérés et vérifiables advenus cette nuit-là, il m'arrivait d'ajouter de pures fantaisies, que j'intégrais librement à ma rêverie, combinant dans mon demi-sommeil des faits imaginaires à des lieux véritables, me déplaçant mentalement dans l'appartement de la rue de La Vrillière, dans lequel j'avais vécu plus de cinq ans avec Marie, entrant et sortant des pièces, ouvrant la fenêtre de la chambre et découvrant les murs d'enceinte de la Banque de France baignant dans une lumière jaune de réverbères parisiens, alors que je me trouvais pour l'heure calé dans le fauteuil d'un navire silencieux qui croisait sur une mer d'huile entre la côte italienne et les rivages de l'île d'Elbe.

Je savais qu'il y avait sans doute une réalité objective des faits — ce qui s'est réellement passé cette nuit-là dans l'appartement de la rue de La Vrillière —, mais que cette réalité me resterait toujours étrangère, je pourrais seulement tourner autour, l'aborder sous différents angles, la contourner et revenir à l'assaut, mais je buterais toujours dessus, comme si ce qui s'était réellement passé cette nuit-là m'était par essence inatteignable, hors de portée de mon imagination et irréductible au langage. J'aurais beau reconstruire cette nuit en images mentales qui auraient la précision du rêve, j'aurais beau l'ensevelir de mots qui auraient une puissance d'évocation diabolique, je savais que je n'atteindrais jamais ce qui avait été pendant quelques instants la vie même, mais il m'apparut alors que je pourrais peut-être atteindre une vérité nouvelle, qui s'inspirerait de ce qui avait été la vie et la transcenderait, sans se soucier de vraisemblance ou de véracité, et ne viserait qu'à la quintessence du réel, sa moelle sensible, vivante et sensuelle, une vérité proche de l'invention, ou jumelle du mensonge, la vérité idéale.

Vers la fin de la traversée, tandis que le navire commençait à s'approcher des rivages de l'île d'Elbe, mes pensées se mirent à glisser vers une autre nuit dont Marie m'avait parlé, la nuit de son retour du Japon. Je n'avais pas été présent physiquement avec elle cette nuit-là, mais je voyais de la même manière les événements se dérouler derrière mes yeux fermés, avec les principaux protagonistes qui se matérialisaient et s'incarnaient dans ma conscience, sans nom et sans visage, ce n'était pourtant ni des inventions ni des chimères, mais des personnes réelles qui avaient dû vivre dans la réalité ce que je les voyais vivre dans mon esprit. Bercé par le bruit hypnotique des moteurs du bateau, je les voyais évoluer en silence dans mon esprit, et, même si j'étais moi-même absent des scènes qui se déroulaient derrière mes yeux fermés, si je n'en étais pas partie prenante, même si je n'apparaissais pas physiquement parmi les autres figures, je me savais intimement présent, non seulement en tant que source unique de l'invocation en cours, mais au sein même de chacun des personnages, avec qui des liens intimes m'unissaient, des liens enfouis, privés, secrets, inavouables — car j'étais autant moi-même que chacun d'eux.

La connaissance très imparfaite que j'avais du déroulement de la nuit de la mort de Jean-Christophe de G., les nombreuses zones d'ombre qui demeuraient dans ma connaissance des événements survenus cette nuit-là, ne constituaient pour moi nullement un handicap. Au contraire, ils m'obligeaient à un plus grand effort d'imagination pour recréer mentalement les événements, alors que, si je les avais réellement vécus, je m'en serais simplement souvenu. Je n'avais pas été présent cette nuit-là, mais j'avais accompagné Marie en pensée avec la même intensité émotionnelle que si j'avais été là, comme dans une représentation qui serait advenue sans moi, non pas de laquelle j'aurais été absent, mais à laquelle seuls mes sens auraient participé, comme dans les rêves, où chaque figure n'est qu'une émanation de soi-même, recréée à travers le prisme de notre subjectivité, irradiée de notre sensibilité, de notre intelligence et de nos fantasmes.

Même si je ne dormais pas, c'était le mystère irréductible du rêve qui était en train d'agir et de jouer en moi, qui permet à la conscience de construire des images extraordinairement élaborées qui s'agencent dans une succession de séquences apparemment disposées au hasard, avec des ellipses vertigineuses, des lieux qui s'évanouissent et plusieurs personnages de notre vie qui fusionnent, se superposent et se transforment, et qui, malgré cette incohérence radicale, ravivent en nous, avec une intensité brûlante, des souvenirs, des désirs et des craintes, pour susciter, comme rarement dans la vie même, la terreur et l'amour. Car il n'y a pas, jamais, de troisième personne dans les rêves, il n'y est toujours question que de soi-même, comme dans « L'île des anamorphoses », cette nouvelle apocryphe de Borges, où l'écrivain qui invente la troisième personne en littérature, finit, au terme d'un long processus de dépérissement solipsiste, déprimé et vaincu, par renoncer à son invention et se remet à écrire à la première personne.

Je fus un des premiers à quitter le navire lorsque le bateau arriva à l'île d'Elbe. Marie m'attendait sur le quai, elle me regardait descendre la passerelle, avec quelque chose de beau, d'attentif et de voilé dans le regard. L'amour avait été présent dès la seconde où nous nous étions revus, dès le premier regard, même si mes bras, mes mains que je sentais aimantés vers elle, se gardèrent bien de confirmer l'aveu implicite que mes yeux avaient laissé échapper. En arrivant sur le quai, je m'étais contenté de lui effleurer l'épaule, en silence, ne sachant que dire, laissant glisser ma main sur son bras nu, premier frôlement de nos peaux depuis deux mois. C'était Marie qui m'avait proposé de venir la rejoindre à l'île d'Elbe, mais cela n'impliquait sans doute aucune modification dans notre relation — nous étions toujours séparés, même si, par la force des choses, notre relation était devenue nouvelle, inédite, ambiguë.

Aussi curieux que cela puisse paraître, je plaisais à Marie, je lui avais toujours plu. D'ailleurs, je m'étais aperçu que je plaisais, peut-être pas aux femmes en général, mais à chaque femme en particulier, chacune croyant être la seule, par sa perspicacité singulière, son regard pénétrant et son intuition féminine, à repérer en moi des qualités secrètes qu'elles s'imaginaient être les seules à pouvoir détecter. Chacune d'elles était en fait persuadée que ces qualités invisibles, qu'elles avaient décelées en moi, échappaient à tout autre qu'elle-même, alors qu'elles étaient en réalité très nombreuses à être ainsi les seules à apprécier mes qualités secrètes et à tomber sous le charme. Mais, il est vrai que ces qualités secrètes ne sautaient pas aux yeux, et que, à force de nuances et de subtilités, mon charme pouvait passer pour terne et mon humour pour éteint, tant l'excès de finesse finit par confiner à la fadeur.

En regagnant la Rivercina, j'avais tout de suite été malade en voiture, je m'étais senti barbouillé dès que la route avait commencé à tourner. Marie avait dû s'arrêter sur un promontoire, et j'étais sorti précipitamment de la voiture pour me mettre à vomir (ah, quel séducteur, j'avais dû lui manquer). Les mains sur les genoux, le front en sueur, j'étais pris de spasmes infructueux, ne laissant plus échapper que de longs filets de salive élastiques qui coulaient entre mes pieds sur le gravier. Marie s'était éloignée pour aller cueillir des fleurs au bord de la route, elle était descendue dans le maquis et cheminait avec insouciance à flanc de colline en composant un bouquet, croquant au passage une tige de fenouil entre ses lèvres. Je l'avais dans mon champ de vision, et j'imaginais avec délices la saveur fraîche que devait avoir le fenouil sur sa langue. Lorsqu'elle vint me rejoindre, j'esquissai un sourire pour m'excuser, avec la timidité conquérante qui me caractérise.

Du temps de son père, à la Rivercina, Marie et moi dormions ensemble au rez-de-chaussée de la maison, et je me demandais quelle chambre Marie allait maintenant m'attribuer. Elle me précédait dans les pièces sombres du rez-de-chaussée, et je la suivais en silence, nous passâmes devant le bureau de son père qui avait été entièrement vidé, les volets étaient fermés, j'aperçus furtivement un amas de caisses empilées dans la pénombre. Elle me guida ainsi naturellement jusqu'à sa chambre, et je fus soulagé de constater qu'elle me proposait toujours de dormir avec elle au rez-de-chaussée. Mais quelque chose d'indéfinissable m'avait frappé en entrant dans la chambre. Il n'y avait aucun désordre dans la pièce, pas de serviettes ou de maillot de bain mouillé en boule sur le sol, de tiroirs laissés ouverts, de sèche-cheveux abandonné par terre encore branché à la prise de courant. Non, la chambre était en ordre, les rideaux ouverts, soigneusement attachés de chaque côté de la fenêtre, une pile de serviettes reposait sur une chaise comme dans une chambre d'ami. Je posai mon sac de voyage sur une chaise, et ce n'est qu'alors que je compris que Marie ne dormait pas là, qu'elle s'était installée à l'étage dans la chambre de son père.

En fin d'après-midi, Marie me proposa d'aller nous baigner. Nous avions rejoint une petite crique déserte, qui s'étendait dans le silence de l'après-midi, un silence immobile de clapotement de vagues et de vibrations d'insectes. Marie se promenait en maillot de bain au bord de l'eau, elle avait ramassé une pierre et se penchait pour décoller des arapèdes accrochés aux rochers, qu'elle portait à sa bouche en continuant à se promener sur le rivage, suçant la coquille et la rejetant au loin dans la mer d'un geste nonchalant et arrondi du bras. Elle ramassait des bigorneaux dans les anfractuosités des rochers et les gardait en petit tas dans la conque de sa main. Elle continuait son chemin, pensive, s'accroupissait en face d'un rocher à demi immergé couvert de mousse et de lichens verdâtres, de concrétions compactes de coquilles de balanes crénelées, et, les doigts recourbés, avec sa pierre, essayait de décrocher quelques moules minuscules, la coquille encore hérissée de filaments tressés. Elle revenait vers moi et déposait son butin à mes pieds, ouvrant ses mains et laissant glisser au ralenti une cascatelle de coquillages mouillés qui s'entrechoquaient le long de mes pieds nus (j'essayais vainement de les esquiver en pianotant rapidement des orteils dans le vide). Puis, survolant mon corps sur les rochers pour s'emparer d'un tee-shirt et de quelques chaussures, elle érigeait un vague enclos pour empêcher les coquillages de s'échapper, une réserve naturelle, un vivier de *vongole* hétéroclites qui agrémenteraient nos spaghettis.

Marie était retournée au bord de l'eau. Debout, rêveuse, les pieds dans la mer et les mains sur les hanches, elle observait une anémone de mer, qui flottait mollement à ses pieds entre deux eaux, à peine submergée, ses tentacules déployés qui se laissaient onduler dans le ressac comme les prolongements d'une chevelure flottante et transparente. Puis, elle était entrée résolument dans l'eau, les deux bras écartés, se grandissant pour ne pas laisser le fil de l'onde atteindre ses aisselles et poussant de brefs cris de protestation saccadés qui allaient crescendo pour souligner la différence thermique entre son corps et la mer, avant de se laisser tomber joyeusement en arrière dans l'eau et de se mouiller les cheveux sur place. Elle barbota ainsi quelques instants, avant de me demander de lui apporter son masque. Je la rejoignis, et elle se mit à rincer le masque à côté de moi, cracha dedans pour nettoyer le hublot. Elle l'ajusta et mit la tête sous l'eau pour jeter un coup d'œil sous la mer. Il y a plein d'oursins, me dit-elle d'une voix enjouée, un peu nasale, pincée par le masque, et, s'éloignant de moi à la nage, elle se fit soudain basculer entièrement à la verticale dans l'eau, ses jambes s'agitant un instant anarchiquement dans le vide avant de s'enfouir progressivement dans la mer. Elle avait complètement disparu au fond de l'eau, seul un bouillonnement silencieux de petites bulles à la surface témoignait encore de sa présence sous-marine affairée dans les parages. N'ayant pas d'ustensile, petit couteau ou fourchette, elle mit beaucoup de temps avant de reparaître, émergeant d'un coup, hors d'haleine et me cherchant des yeux, le masque de travers, soufflant de l'eau par le tuba, tel un jet d'eau vertical de baleine, avec, dans les mains, trois beaux oursins mauves dégoulinants, les piquants encore mobiles recouverts de minuscules particules minérales ou végétales, des fragments d'algue et de petits cailloux, des débris de pierres colorées, des brisures de coquillage. Elle se remit debout et regagna aussitôt le rivage à pied, marchant dans l'eau en se déhanchant contre l'onde, poussant la mer à la force de ses cuisses. Elle s'empara d'une grosse pierre sur les rochers et ouvrit les oursins, sommairement, brisant les tests à coups de pierre, l'un après l'autre, allongea le bras au loin en direction de la mer pour secouer énergiquement les coquilles au-dessus de l'eau pour se débarrasser des déchets. Elle détacha une lamelle orangée avec le revers de son doigt et la dégusta, d'abord elle-même, avec cet imperceptible mouvement de vrille de l'index pour le porter à sa bouche, puis m'en proposa une quand je sortis de l'eau, encore mouillé, pour venir la rejoindre, me donnant tendrement deux ou trois fois de suite la becquée (et je me régalais autant de son doigt mouillé que des fraîches et délicieuses lamelles d'oursin qui fondaient dans ma bouche).

Nous étions partis nager, des scintillements argentés de soleil se dispersaient devant nous à la surface de l'eau chaque fois que nous écartions les bras. Marie s'éloignait parfois vers le large de son très beau mouvement de crawl, lent, régulier, décomposé, les bras montant vers le ciel et plongeant dans la mer avec comme un léger contretemps, puis elle revenait vers moi et restait un instant en suspension à ma hauteur, comme en apesanteur dans l'eau. Marie, insaisissable, s'approchait et s'éloignait de moi, elle riait, disparaissait sous l'eau. Nos jambes, parfois, se frôlaient, nous nous effleurions dans la mer, je lui avais caressé l'épaule en détachant tendrement quelques algues qui étaient restées collées à ses cheveux. Rien n'était avoué, rien n'était dit explicitement, mais, plus d'une fois, nos doigts s'étaient touchés sans prendre garde, nos regards s'étaient croisés et enlacés dans l'eau. Je sentais une complicité ancienne renaître entre nous, et j'étais envahi par un curieux mélange d'émotion et de timidité. J'avais envie de la prendre dans mes bras, de m'abandonner contre elle dans la mer, de serrer mon corps contre le sien dans l'eau tiède. Elle revint vers moi à la nage, le masque relevé sur le front, les pommettes mouillées, elle semblait heureuse, épanouie, et elle me souriait, mutine, comme si elle venait de me jouer un mauvais tour, et je m'aperçus alors que son maillot de bain était roulé dans sa main droite.

Marie avait enlevé son maillot de bain, elle était nue dans la mer à côté de moi, et je suivais des yeux la ligne fluctuante de son décolleté, qui évoluait au diapason du fil de l'eau, tantôt très strict et pudique, un ras-du-cou qui lui remontait jusqu'au menton, et parfois très plongeant, affolant et audacieux, qui descendait jusqu'à son nombril quand elle faisait la planche, en apesanteur sur le dos dans la mer, le ventre et les poils du pubis mouillés, les seins émergeant du léger ressac d'eau stagnante qui s'attardait sur son corps. Je ne la quittais pas des yeux, accompagnant son maillot de bain du regard, qui était devenu son étendard, le pavillon pirate de sa nudité dans la mer. Nous nous étions arrêtés l'un en face de l'autre, et nous nous souriions, je regardais Marie nue et masquée en face de moi. Je m'approchai d'elle et lui pris doucement l'épaule, elle se laissait faire, il y avait de la gravité maintenant dans son regard, je la sentais prête à s'abandonner à mon étreinte, quand elle aperçut soudain un scintillement de nacre au fond de la mer — une oreille de Vénus ! —, et, glissant comme une anguille contre ma peau mouillée, elle s'échappa d'entre mes bras et plongea, bascula à la verticale vers le miroitement entraperçu, en me présentant, avant de disparaître, le *Noli me tangere* le plus éloquent qui se pût concevoir : la courbe de son cul s'enfouissant dans la mer.

Marie se faisait sécher à côté de moi sur les rochers. Des gouttelettes parsemaient son corps nu, que le soleil asséchait peu à peu en laissant sur sa peau d'infimes marques de sel quasiment invisibles à l'œil nu, dont j'imaginais la saveur sur le bout de ma langue. Au bout d'un moment, pensive, les yeux fermés, elle tendit tendrement la main vers moi dans le vide et me dit à voix basse cette phrase énigmatique : « Tu sais, je n'étais pas sa maîtresse... », et sa phrase résonna un instant dans le silence de la crique. Elle ne dit pas de qui elle n'était pas la maîtresse, mais j'avais très bien compris, et je lui sus gré de ne pas l'avoir nommé (moi-même, d'ailleurs, je faisais mine de ne plus très bien me souvenir de son nom). Marie n'avait pas bougé, elle était toujours allongée sur le dos, les yeux fermés, un genou relevé, la main posée à plat sur les rochers. Le silence était revenu dans la crique, à peine troublé par le murmure imperceptible de l'eau qui clapotait en contrebas. Qu'avait-elle voulu me dire en me disant qu'elle n'était pas sa maîtresse ? Qu'elle n'avait pas eu de relations sexuelles avec lui ? C'était très peu probable, pour ne pas dire impossible, même si on pouvait naturellement imaginer que leurs relations n'aient pas été *stricto sensu* sexuelles, au sens le plus casuiste du terme, qui voudrait qu'il n'y ait pas de relations sexuelles s'il n'y a pas de pénétration sexuelle — ce qui exclut la fellation et le cunnilingus d'une telle jurisprudence (bref, de quoi s'amuser quand même sans pour autant devenir amants) —, mais je doute que ce soit ça qu'elle ait voulu me dire. Non. Marie paraissait grave, elle avait l'air émue, et le ton qu'elle avait employé avait eu la solennité douloureuse d'un aveu, ou d'une confidence. Je continuais de la regarder, et je me demandais pourquoi elle avait éprouvé le besoin de me dire aujourd'hui qu'elle n'était pas sa maîtresse (ce qui ne voulait d'ailleurs pas dire qu'elle ne l'*avait pas été*, l'imparfait qu'elle avait employé — plutôt que le plus-que-parfait — permettait, par son ambiguïté, ce petit mensonge par omission). Peut-être avait-elle simplement voulu me faire savoir qu'elle ne s'était jamais sentie liée à lui, qu'elle avait toujours eu le sentiment de rester libre et qu'elle ne pouvait en aucun cas être considérée comme la maîtresse d'un homme marié, que c'était en quelque sorte le mot « maîtresse » avec ses connotations sociales, plus que ses réalités privées, qu'elle récusait, niant qu'on pût lui appliquer le mot, à défaut de la réalité qu'il recouvrait. Je ne sais pas. Ou bien avait-elle simplement voulu me dire que, dans le fond, elle ne l'aimait pas, elle ne l'avait jamais aimé, que, certes, il lui avait plu, qu'il était sans doute tombé au bon moment, qu'elle avait aimé sa gentillesse, sa prévenance, sa galanterie, son efficacité, que la vie, avec lui, était facile, confortable et rassurante — mais que c'est un autre qu'elle aimait.

Marie et moi avions passé une semaine ensemble à la Rivercina, multipliant les jeux d'approche invisibles pour essayer de nous retrouver, nous croisant au rez-de-chaussée de la maison avec des serviettes de bain sur l'épaule et des lueurs séductrices dans le regard, entrelaçant nos trajectoires dans les jardins de la propriété, ne nous éloignant un instant l'un de l'autre que pour nous rejoindre au plus vite. Au fil des jours, la distance qui séparait nos corps se réduisait inexorablement, devenait de plus en plus ténue, s'amenuisait d'heure en heure, comme si elle allait nécessairement devoir un jour se combler. Nous nous frôlions, le soir, sur la terrasse, en débarrassant la table à la lueur de la bougie, et nos ombres ne s'esquivaient pas dans la nuit, insistaient au contraire, recherchant des effleurements secrets dans le noir. Parfois, le soir, dans la cuisine, tandis que nous préparions le dîner, et que je surveillais la sauce tomate qui mijotait sur le vieux réchaud à gaz, une cuillère en bois à la main, Marie arrivait dans mon dos, et je sentais l'onde silencieuse de son corps contre le mien, son bras nu qui me frôlait pour ajouter à la sauce quelques feuilles de sauge qu'elle avait été cueillir dans le petit jardin, parfois même ses doigts sur ma joue, qui venaient taquiner ma barbe naissante en me reprochant de ne pas m'être rasé. Je lui prenais la main pour la retirer de ma joue, et je songeais que le même geste de prendre la main pouvait avoir une signification bien différente selon qu'il était effectué dans le déroulement ordinaire de la vie, avec simplicité et sans cérémonie, ou qu'on l'accompagnait d'une intention et d'un regard, d'une soudaine gravité, qu'on le ralentissait pour le souligner et le mettre en valeur, comme je le fis ce soir-là dans la cuisine, pris d'une subite impulsion, sans avoir rien prémédité, rien prévu et ignorant où cela nous mènerait, tendant la main vers elle dans la cuisine et la regardant dans les yeux, la main et le regard un instant suspendus dans le temps. Elle portait une large chemise blanche humide et elle avait ses vieilles tongs attendrissantes aux pieds, dont une des marguerites était abîmée, qui avait dû se tordre dans la poussière d'un sentier, et qui semblait avoir été effeuillée entre ses orteils (un peu, beaucoup, passionnément) par une main rêveuse et vagabonde. Une ombre de gravité traversa le regard de Marie, elle devint songeuse et fit un pas vers moi, se laissa glisser contre mon corps, et nous restâmes un instant enlacés dans la cuisine contre le réchaud, bercés par le bruit délicieux de la sauce tomate qui continuait de mijoter à gros bouillons derrière nous sur le feu. Ce fut un simple instant de tendresse isolé, mais je compris alors que nous n'avions peut-être jamais été aussi unis que depuis que nous étions séparés.

Après le dîner, je regagnais ma chambre, j'ouvrais la fenêtre pour laisser entrer les rares souffles d'air intermittents qui parcouraient les nuits chaudes de l'île d'Elbe. Je m'étendais sur le lit, et je demeurais allongé dans le noir, je n'allumais pas la lumière pour ne pas attirer les moustiques. Dès la première nuit que j'avais passée dans cette chambre à la Rivercina, la présence de Marie à l'étage supérieur m'avait hanté, je la savais présente au-dessus de moi, je l'entendais évoluer dans sa chambre et je savais ce qu'elle faisait, je pouvais suivre ses évolutions dans la pièce en temps réel, j'entendais les craquements de ses pas sur le parquet, et je savais qu'elle allait de son lit à la grande armoire en chêne, j'entendais le grincement imperceptible du battant de l'armoire qu'elle ouvrait et je devinais qu'elle choisissait un tee-shirt pour la nuit, et j'aurais pu dire sa couleur, son odeur et sa texture. Parfois, les bruits de pas sur le plancher s'éloignaient au-dessus de moi pour faire place à des bruits d'eau dans la salle de bain, bruits de robinets grinçants qui s'ouvraient et se fermaient dans des souffrances de tuyauterie, puis les pas regagnaient la chambre, légers et sautillants. J'entendais Marie entrer dans son lit, et, au bout d'un moment, fermant un instant les yeux dans le noir pour me concentrer davantage, je finissais par l'entendre dormir. Cela n'avait rien de physique ou de matériel, je n'entendais pas les infimes gémissements qu'elle laissait parfois échapper dans son sommeil, pas plus que les violentes tempêtes de draps qu'il lui arrivait de déchaîner vers trois heures du matin, quand, tirant de toutes ses forces sur un pan de drap bloqué, elle s'enroulait furieusement l'épaule pour se tourner sur le côté, mais j'entendais le murmure de ses rêves qui s'écoulait dans son esprit. Ou bien était-ce dans mon propre esprit que s'écoulaient maintenant les rêves de Marie, comme si, à force de penser à elle, à force d'invoquer sa présence, à force de vivre sa vie par procuration, j'en étais venu, la nuit, à imaginer que je rêvais ses rêves.

Je connaissais tous les silences de la maison, ses craquements nocturnes, les brusques reprises du réfrigérateur pendant la nuit, que suivait un dégradé de hoquets exténués, qui annonçait le retour apaisé d'un ronronnement plus régulier dans le sombre silence de la maison endormie dans l'obscurité. Le matin, réveillé aux aurores, je demeurais dans le lit à écouter les premiers murmures des oiseaux, si légers que leurs modulations fluides se fondaient dans le silence environnant. La maison était encore endormie, nous étions seuls avec Marie dans cette grande maison déserte, dormant à des étages différents, les autres pièces étaient inoccupées ou vides, le bureau de son père rangé, les caisses en passe d'être déménagées. Il n'y avait pas un bruit dans la maison ensommeillée, je prêtais l'oreille et je n'entendais rien, pas un grincement, pas un froissement, Marie ne bougeait pas dans son lit, je savais qu'elle dormait au-dessus de moi, et cette distance qui nous séparait, cet étage qu'il y avait entre nous était comme un infime empêchement, l'aiguillon subtil qui me la rendait encore plus désirable. Ne pouvant tendre la main vers elle et lui caresser doucement le bras au réveil, il me fallait imaginer sa présence à l'étage supérieur et la faire naître dans mon esprit. Alors, derrière mes yeux fermés, elle prenait corps progressivement, se détachant lentement de sa chrysalide pour apparaître dans mon esprit, étendue dans son lit, les yeux fermés et la bouche entrouverte, sa poitrine immobile, qui se soulevait et se gonflait, régulière, au rythme apaisé de ses respirations, une jambe sous les draps, et l'autre, nue, qui dépassait à l'extérieur, le creux du drap douillettement blotti entre ses cuisses.

Un après-midi que nous avions été nous baigner, j'avais trouvé un air étrange à notre petite crique, sans qu'il me fût possible de savoir en quoi elle était différente des autres jours. Je m'étais assis sur les rochers, et je regardais Marie se promener au bord de l'eau. La mer était grise, qui s'étendait sous un ciel blanc voilé. L'eau clapotait à peine, opaque, légèrement inquiétante, d'un gris de plomb, ou de lave, comme dans un bassin artificiel au voisinage d'une centrale nucléaire. Nous nous étions trempés dans cette mer visqueuse, chaude et huileuse, qui rafraîchissait à peine les corps, restant l'un derrière l'autre car

Marie avait aperçu des méduses et nageait devant moi avec son masque, me traçant un chemin dans l'eau pour les éviter, tout en se retournant pour me signaler du doigt leurs emplacements respectifs sous la mer avec une jubilation évidente (plus près nous étions du danger, plus son doigt s'agitait fébrilement à son plus grand bonheur). Nous étions sortis de l'eau, et nous nous faisions sécher sur les rochers, regardant la mer grise qui clapotait devant nous dans cette atmosphère de fin du monde. Il faisait lourd, l'atmosphère était étouffante, on percevait la nervosité des insectes qui venaient se coller à la peau. Il y a des jours ainsi, à la fin de l'été, qui restent confinés du matin au soir dans cette chaleur statique qui enveloppe les corps et engourdit l'esprit, et je finis par me rendre compte que ce qui rendait la crique si étrange ce jour-là, c'était qu'il n'y avait plus de bleu dans le paysage. On eût dit que, à l'aide d'un logiciel de retouche d'image qui permet d'enlever une seule couleur à la fois, le bleu avait été entièrement effacé du décor sans que le reste de la gamme chromatique en eût été affecté. Le bleu avait disparu, le bleu habituel, le bleu radieux, le bleu éclatant du ciel et de la mer, le bleu endémique de la Méditerranée, s'était évaporé de la nature. Tout n'était que brumes de chaleur et blanc ouaté saturé de lumière. Il n'y avait pas un souffle de vent, pas d'air, rien, pas la plus légère brise pour faire onduler un jonc dans la crique — comme si le vent accumulait ses forces pour la tempête qui se déclencherait dans la nuit.

Cette nuit-là, Marie surgit dans ma chambre vers quatre heures du matin, elle ouvrit brutalement la porte et entra, elle était pieds nus et en tee-shirt, confuse, agitée, elle s'avança jusqu'à mon lit et me dit qu'il y avait de la fumée dans le jardin, que le feu était aux portes de la propriété. J'enfilai un pantalon et la suivis sur la terrasse, nous errions dans la nuit dans des tourbillons de poussière. De terribles bourrasques, qui avaient déjà renversé les chaises en métal noir de la table, s'engouffraient par intermittence dans l'allée principale. La toile des transats maltraitée par le vent se soulevait et s'abaissait dans des claquements de draps cinglants. Je fis le tour de la maison en courant, cherchant à déterminer d'où venait le feu, mais je ne voyais rien, la nuit était noire et venteuse, impénétrable, les arbres s'enfonçaient dans les ténèbres et ployaient à l'unisson dans des torsions de branches et des turbulences de feuillages. La fumée commençait à devenir visible sur la terrasse, encore légère et impalpable, quelques volutes portées par le vent qui erraient en suspension dans l'air. J'allai fermer les robinets des bombonnes de gaz dans le jardin et j'aidai Marie à dérouler le tuyau d'arrosage, à l'allonger, à le distendre, le déployer sur le sol et le tirer jusqu'aux fenêtres pour défendre la maison. Marie courait à droite et à gauche sur la terrasse pour fermer les volets des fenêtres du rez-de-chaussée. Elle avait ramassé le tuyau d'arrosage et elle faisait le tour de la maison en arrosant la façade dans la nuit, s'attardant sur le bois des volets pour les imbiber d'eau, tirant brusquement le tuyau derrière elle pour le dégager si elle sentait des résistances ou des coudes se former sur le sol. Le jet montait en s'arrondissant jusqu'au premier étage, et la maison ruisselait sous l'averse. Des traînées d'eau dégoulinaient le long de la façade, et le bois écaillé des volets mouillés luisait d'humidité dans la nuit.

Nous ne savions pas où se trouvait le feu, s'il se rapprochait ou s'éloignait de la propriété. Nous ne savions rien, le feu restait encore une abstraction invisible et lointaine, ce qui fait que nous ressentîmes une véritable terreur, inimaginable, indescriptible, quand, d'un coup, dans un bruit d'explosion qui résonna au loin, le feu passa la crête, dans un effet de souffle qui libéra une énorme quantité d'énergie, et ce fut alors, immédiatement, non pas les quelques flammèches que j'avais imaginées sortant d'un buisson au fond du jardin, mais une véritable ligne de feu qu'on aperçut au loin au sommet de la crête, vivante et dynamique, crénelée, qui se mit à briller dans la nuit dans un scintillement de flammes rouges, jaunes, orange et cuivre, bruyantes et crépitantes, que surmontaient des bouillonnements de fumées noires tourbillonnantes qui montaient vers le ciel. Même si trois cents mètres nous séparaient encore du brasier, nous ressentîmes immédiatement la chaleur du feu, sa lumière, sa puissance, son odeur, son grondement et sa vitesse, les flammes commençaient déjà à descendre la colline et à fondre sur nous dans un bruit de crépitement et de sourde respiration étouffée. Marie et moi, abandonnant alors aussitôt le tuyau d'arrosage, le laissant là, par terre, enroulé, affaissé, qui continuait à écouler son jet sur le sol de la terrasse, partîmes en courant vers la vieille camionnette break garée dans l'allée centrale, Marie vêtue d'un simple tee-shirt et de ses tongs tordues, qu'elle avait réussi à enfiler au passage, mais qui la retardaient plus qu'elles ne l'aidaient à courir, et moi chaussé de vieilles espadrilles, torse nu et en pantalon de toile. Marie avait pris place au volant et fonçait droit devant elle au milieu de nuages de poussière. On apercevait la ligne fantomatique, blanche et plâtreuse, de la piste dans la lumière des phares, tandis que des massifs d'arbustes tordus et tourmentés ondulaient sur notre passage dans la nuit.

À la hauteur du petit pont blanc, Marie freina brusquement, s'arrêta, se retourna sur son siège pour faire marche arrière, et s'engagea résolument sur la piste qui menait au club hippique. Nous n'avions pas fait dix mètres dans les sous-bois que nous fûmes arrêtés par un épais rideau de fumée qui barrait la piste, mais Marie ne ralentit pas, elle continua à rouler, pénétra dans le rideau de fumée, d'abord blanche, légère et volatile, puis de plus en plus noire, une fumée opaque, lourde, bientôt irrespirable, on sentait l'odeur de feu qui pénétrait jusqu'à l'intérieur de la voiture. Dans la lumière des phares, on n'apercevait plus que de la fumée, un camion jaune de sapeurs forestiers était garé en travers sur le bord de la piste. Marie ne répondait plus à mes questions, elle conduisait en tenant le volant à deux mains, elle roula encore quelques dizaines de mètres, et, quand il fut impossible de continuer, elle s'arrêta, elle ouvrit la portière et poursuivit à pied dans la fumée, j'essayais de la retenir, je marchais derrière elle, elle suivait la piste à grands pas, courant presque dans l'épaisse fumée qui recouvrait le chemin. Il n'y avait plus aucun horizon, nulle végétation, la piste avait disparu, nous étions cernés de toutes parts par la fumée. Marie entra dans le club hippique, et je pris peur, je l'appelai, je lui demandai de revenir, mais elle ne répondait pas, elle continuait à avancer, courbée devant elle, le tee-shirt relevé sur le visage, qui dénudait son corps car elle ne portait rien en dessous. Plusieurs cabanons étaient en feu dans le centre équestre, une remise était en train de brûler. On entendait des cris ici et là, des mouvements confus provenaient des écuries, fermées, inaccessibles, dans lesquelles des ombres animales s'agitaient et se tordaient dans des hennissements rauques et désespérés, humains dans l'intonation et inhumains à entendre. Nous avancions toujours dans la fumée, et nous aperçûmes Peppino à moins d'un mètre d'une écurie en flammes, un mouchoir sur la bouche, qui essayait de délivrer un cheval attaché à l'intérieur de son box, qui ruait en empêchant quiconque d'approcher. Lorsque le toit de l'écurie commença à s'effondrer, dans un affaissement progressif de planches et de tôles ondulées, Peppino se jeta à l'intérieur de l'écurie, disparaissant un instant dans l'épaisse fumée noire, et il en ressortit avec le cheval, homme et cheval surgissant dans la nuit recouverts d'une auréole de feu, des flammes flottant encore autour d'eux, un halo de flammèches et de particules incandescentes qui émanaient de leurs silhouettes hagardes. Le cheval était sérieusement brûlé, la peau fondue, les muscles à vif, une mélasse noirâtre sirupeuse s'échappait de ses flancs. Peppino courait à ses côtés en essayant de le calmer et alla le mettre à l'abri derrière les camions de pompiers. Là, huit autres chevaux avaient été attachés à un camion-citerne, unis à la même corde, solidaires, reliés les uns aux autres, mais perpétuellement en mouvement, partant dans toutes les directions, se heurtant et tournant sur eux-mêmes dans des balancements de queues et des frémissements de crinières, formant une masse mobile et compacte affolée, les pelages luisants de reflets d'incendie, agités d'une onde incessante de nervosité animale exacerbée. Ils se collaient les uns aux autres, tournoyaient, refluaient, partaient en tourbillon et tiraient sur les cordes en traînant derrière eux le camion-citerne déséquilibré, dont les roues se soulevaient dans la poussière. Partout, des foyers résiduels continuaient de brûler dans l'enceinte du club hippique, des cabanons étaient en feu, des granges, des écuries, le sol même, l'herbe, brûlait ici et là, et Marie se mit soudain à courir en direction de Peppino. Elle traversa en zigzaguant une zone herbeuse, où erraient des lambeaux de fumée violette qui fluctuaient en suspension dans l'air tremblant de la nuit. Marie se dirigeait vers Peppino sans dévier sa trajectoire, marchant dans le feu qui rampait sur le sol, soulevant ses tongs, accélérant le pas, courant, dansant sur place en se brûlant les pieds, mais Peppino la repoussa sèchement du bras quand il l'aperçut, furieux et hors de lui, la poursuivit pour la chasser et Marie revint sur ses pas, ne sachant plus où elle allait, égarée, courant toujours, elle tournait en rond, les plantes des pieds brûlées. Un pompier l'aperçut et courut jusqu'à elle, la rattrapa et la prit en charge, la ramena vers moi en la prenant sous son aile protectrice, tandis qu'elle se blottissait contre son épaisse veste en cuir.

Le pompier m'avait ordonné de quitter immédiatement les lieux, et j'essayais de regagner la voiture avec Marie, elle marchait à côté de moi en se protégeant le visage, le bras en bouclier devant elle. Elle se mit à tousser, à cracher, elle titubait dans la fumée, elle trébucha dans le chemin. Je la relevai, plaçai son bras autour de mon épaule pour la traîner à côté de moi, elle ne marchait plus, ses pieds glissaient dans la poussière, ses tongs raclaient le sol et heurtaient des cailloux. J'ouvris la portière et je la déposai sur le siège, son corps s'affaissait, sans force, elle glissait le long du siège. Je la redressai, la calai, fis entrer son bras gauche qui pendait dans le sentier et claquai la portière. J'allai prendre place au volant et je démarrai aussitôt. Il était impossible de faire demi-tour, et je fonçai simplement droit devant moi, entrai à nouveau dans le centre équestre. Peppino et les quelques sapeurs forestiers encore présents ne défendaient plus le club hippique — c'était trop tard, il avait déjà complètement brûlé —, ils s'étaient simplement regroupés en îlot de survie autour du camion-citerne et ils me regardèrent repasser devant eux avec stupéfaction, tandis que les chevaux, hennissant et affolés, amorçaient un tourbillon pour essayer de me suivre dans un envol de queues et de crinières entremêlées. J'effectuai un large virage sur le parking et repartis aussitôt en sens inverse, ressortis du club hippique en accélérant dans la poussière.

Je ne ralentissais pas, j'accélérais toujours, je prenais de face toutes les bosses du chemin, les ornières, les dénivelés, ne lâchant le volant que pour retenir le corps de Marie, qui versait contre mon épaule, ou tombait brutalement en avant vers le pare-brise, et que je devais agripper par le dos du tee-shirt pour la tirer en arrière et la maintenir sur le siège. Je ne savais pas si elle était consciente ou inconsciente, je roulais dans le brouillard, je ne voyais rien dans la lumière des phares, tout n'était que fumées, éblouissements et ténèbres. Au sortir de la piste, je pris la direction de Portoferraio, je suivais la route escarpée du bord de mer. Le vent du large secouait la vieille camionnette break, faisait trembler les portières, et certaines rafales plus puissantes nous déportaient sur le bas-côté. J'accélérais encore, et je voyais les buissons bouger sur le bord de la route, les branches qui se tordaient dans la lumière des phares, les fourrés qui tremblaient, qui se voûtaient, s'infléchissaient sur notre passage. J'étais torse nu au volant, les yeux fixes, hallucinés, magnétisés par le déroulement hypnotique de la route. Lorsque je croisais une voiture, je ne ralentissais pas, je la croisais pleins phares, nos ailes se frôlaient, je montais sur l'accotement et mes roues tressautaient dans le gravier au bord du précipice. J'apercevais au loin les profils enténébrés du grand à-pic rocheux qui longeait la côte, avec ses versants torturés, qui tombaient dans la mer comme les pans pétrifiés d'une robe de collection de Marie, avec ses drapés tourmentés, ses plissés, ses feuilletés, ses arêtes verticales et ses bouillonnés rocheux façonnés par le vent et écorchés par la tempête. J'entendais la mer gronder en contrebas, noire, immense, houleuse, qui bouillonnait sur place dans des fureurs d'écume, et je fonçais droit devant moi le long des côtes déchiquetées, en emportant dans mon sillage ce cortège de robes fantomatiques en roches volcaniques, des robes couleur lave ou magma, qui mariaient les ténèbres du basalte aux roches métamorphiques, mêlaient des granites et des porphyres, des ophiolites, des cipolins et des calcaires, des paillettes de mica et des veines d'obsidienne.

Marie était prostrée à côté de moi, affalée sur le siège, le regard perdu, le corps ballotté dans la voiture, les épaules passives, qui se balançaient de droite à gauche au gré des sinuosités de la route. Son tee-shirt était noir de fumée, maculé de traces de doigts, d'herbes, de terre, de poussière, le coton brûlé en plusieurs endroits, troué de multiples petits impacts de cendres cerclés de cernes calcinés. Elle n'avait plus qu'une seule tong au pied, des traînées de suie recouvraient le plastique vert des lanières et de l'attache en V, et la marguerite était noirâtre, moribonde, effeuillée jusqu'à l'os. Son tee-shirt lui tombait sur le corps de travers, découvrant une épaule et remontant sur ses cuisses, mais sa nudité n'avait rien d'insouciant et de léger, son corps était meurtri, elle devait se sentir mortifiée de ne pas avoir de culotte. Marie aimait certes se promener nue, mais, si la nudité s'accorde bien avec l'air et la mer, elle est inconciliable avec le feu, qui lui confère un caractère au moins déplaisant, si ce n'est insoutenable. Je fouillai rapidement la boîte à gants, mais je ne trouvai rien de satisfaisant pour couvrir sa nudité. Je ralentis brusquement, et j'allai me garer sur un promontoire qui dominait la mer. J'eus quelques difficultés à sortir de la voiture, la porte résistait contre le vent, le métal se tordait et je dus me faufiler dans l'étroit interstice le long de la portière. Je fis quelques pas dans la bourrasque et j'enlevai mon pantalon, puis je retirai mon caleçon. J'étais là, nu au bord du précipice, dans la lumière blanche des phares. J'apercevais la silhouette de Marie assise dans la voiture, je voyais la mer en contrebas, l'ombre de la végétation furieusement agitée par le vent. Je remis mon pantalon en me contorsionnant sur place, et, rouvrant la portière de la voiture, tirant dessus, la retenant dans la tempête, je me faufilai dans l'habitacle et tendis mon caleçon à Marie (tiens, mets ça, dis-je, tu m'en diras des nouvelles). Marie regarda mon caleçon sans comprendre, et puis elle me sourit, elle m'adressa un timide sourire de reconnaissance. Elle prit le caleçon et l'enfila, tandis que je redémarrais dans la nuit.

Un peu plus loin, je dus ralentir, car la route était bloquée, des lueurs de gyrophares tournaient en silence dans la nuit. Je sortis de la voiture, et j'allai me mêler au petit attroupement qui s'était formé sur la route autour des camions de pompiers, en laissant Marie assoupie dans la vieille camionnette break. Le feu ne devait pas être loin, on apercevait des lueurs orangées dans les sous-bois qui surplombaient la route, des flammèches isolées tournoyaient ici et là au-dessus de la route. Les pompiers avaient déployé une lance à incendie qui perdait de l'eau au milieu de la chaussée, et une petite dizaine de campeurs les observaient en silence derrière un cordon de sécurité établi par des secouristes de la Croix-Rouge. Ils avaient dû être évacués d'un camping voisin, sortis précipitamment de leur tente et ils se tenaient là, désœuvrés, avec des allures de réfugiés, des jeunes filles en chemise de nuit, quelques affaires dérisoires à la main, une trousse de toilette, une bouteille d'eau, des raquettes de ping-pong. J'avais erré un instant parmi eux sur la route et je m'étais approché d'un pompier qui donnait des explications à un homme assis en short sur une Vespa dont il n'avait pas coupé le moteur. Le pompier, casqué, le cou protégé d'une cagoule filtrante argentée, lui expliquait que le feu progressait dans le Monte Capannello et qu'un foyer restait actif au Monte Strega, le feu avait atteint Voleterraio et deux autres vallées étaient toujours en feu. Je continuais de traîner torse nu sur cette route enfumée qui surplombait la mer, quand quelque secouriste de la Croix-Rouge que je n'avais pas vu venir se glissa derrière moi et disposa une couverture de survie sur mes épaules. Je m'étais laissé faire, je n'avais pas réagi, je ne l'avais même pas remercié (je n'avais aucune idée de l'allure de sinistré que je devais avoir), et je rejoignis la voiture. Je retirai la couverture de mes épaules et la disposai avec soin sur les cuisses de Marie, qui dormait sur son siège, la bordai doucement.

J'avais fait demi-tour et j'avais repris le chemin du club hippique. Marie avait ouvert un œil, mais elle ne disait rien, elle regardait fixement la route devant elle. Je roulais lentement, je me sentais vide, dépourvu de force et de volonté. Le vent s'était calmé. Le jour se levait, ce n'était encore qu'un mélange de brume matinale et de fumée d'incendie qui recouvrait la mer à l'horizon. Lorsque nous atteignîmes le petit pont blanc à quelques kilomètres de la Rivercina, je ralentis et m'engageai sur la piste qui menait au club hippique, je conduisais lentement, en évitant les trous et les ornières. Les sous-bois qui bordaient le chemin avaient complètement brûlé, ils étaient noirs, calcinés, et une puissante odeur de feu se faisait sentir jusqu'à l'intérieur de la voiture. Le maquis avait brûlé là comme du bois sec, dégradé depuis des années, peu entretenu, jamais débroussaillé, desséché par de longs mois d'aridité et la chaleur torride du mois d'août. Il ne restait rien de l'enchevêtrement de ciste et d'épineux, de myrte, d'arbousier et de bruyère arborescente, combustibles de choix, riches en essences inflammables, qui avaient dû s'embraser en un instant dès l'arrivée du feu. J'entrai au ralenti dans le club hippique, et Marie me prit le bras, je sentis physiquement l'appréhension qui la gagnait.

Le centre équestre était désert, fantomatique, les pompiers n'étaient plus là, et le versant de la colline se dressait, lunaire, dans la lumière grise du matin, des squelettes d'arbres noirs présentaient leurs profils torturés, leurs bras écartelés, encore fumants, avec ici et là une dernière flamme mourante qui s'enrobait autour d'une branche calcinée, se retroussait et finissait de s'éteindre faute de combustible. Le sol était recouvert d'une épaisse couche de cendres, plus blanche que grise, encore chaude, avec, par endroits, des braises incandescentes qui continuaient de fumer. Le feu n'était pas complètement éteint, qui rampait encore sur le sol au pied d'une écurie effondrée, de la paille finissant de se consumer par terre. Il ne demeurait rien des installations du club équestre, des granges, des cabanons, tout avait brûlé, s'était consumé sur place, avait été rasé, il ne restait que des débris carbonisés, des tas épars, des amoncellements de tôles ondulées et de planches effritées qui tombaient en poussière sur le sol. Nous étions descendus de la voiture et nous traversions les décombres fumants, le cœur serré, en nous dirigeant vers la petite maison en pierre de l'accueil, le seul bâtiment que le feu avait épargné, quand Marie laissa échapper un cri et se voila les yeux en m'agrippant le bras, apercevant trois grands draps blancs allongés par terre devant la porte dans la silencieuse lumière grise de l'aube, trois linceuls sommaires qui recouvraient des formes, sans doute pas des formes humaines, mais certainement des cadavres, des carcasses d'animaux calcinés.

Nous entrâmes dans la petite maison en pierre de l'accueil, il n'y avait pas de lumière à l'intérieur, et nous ne nous aperçûmes pas tout de suite qu'il y avait quelqu'un. Peppino était là, dans l'obscurité, allongé sur le dos sur une banquette en pierre, un genou relevé, des compresses humides sur les yeux, de simples gants de toilette mouillés, un par œil. Je ne savais pas s'il s'était rendu compte que nous étions entrés, mais il ne réagit pas pendant quelques secondes, puis, sans bouger, toujours étendu sur le dos, il retira les compresses de ses yeux, une par une, et nous regarda, nous considéra en silence. Son visage était noir, couvert de suie, ses vêtements noirs, sa chemise noire — en fait, elle n'était pas noire au départ, mais elle était tellement imbibée de suie et de fumée qu'elle était devenue noire à présent. Sans un mot, il pivota pour s'asseoir, et nous dévisagea avec un regard vide. Ses yeux étaient minuscules, à demi fermés, rougis, irrités, même ses sourcils étaient partiellement brûlés, les poils roussis, réduits, ratatinés. Au bout d'un long moment de silence, d'une voix forte, au timbre grave, mais tremblante, qui masquait mal son émotion, il nous demanda si nous avions croisé sa fille, qui venait de partir avec les chevaux rescapés pour les conduire dans un champ qu'ils possédaient dans la région de La Guardia. Marie lui répondit que non, que nous n'avions croisé personne. Il se leva alors, difficilement, fit un pas en avant, abattu, effondré, et, sans un mot, étreignant Marie, il lui dit que c'était un désastre, que trois chevaux étaient morts et que Nocciola était gravement brûlée, qu'il faudrait sans doute l'abattre, et, ensemble, à l'unisson, Marie et lui se mirent à pleurer, ils pleuraient dans les bras l'un de l'autre, des traînées blanches de larmes glissaient sur les joues noires de Peppino, qui les essuyait maladroitement de ses épaisses mains couvertes de suie, mais qui ne nettoyait rien, ne faisant que rajouter du noir au noir.

De retour à la Rivercina, nous avions été nous coucher. Le feu avait détruit une grande partie des jardins de la propriété, mais il avait épargné la maison. Étendu dans mon lit, je demeurais immobile dans la chambre, les yeux ouverts dans le noir, et j'entendais Marie se déplacer à l'étage supérieur, j'entendais ses pas au plafond au-dessus de moi. J'entendis le faible grincement caractéristique du battant de l'armoire qui s'ouvrait, et je sus qu'elle choisissait un tee-shirt pour la nuit, et puis je l'entendis ressortir de la chambre, j'entendais les pas qui s'avançaient dans le couloir, je crus qu'elle allait s'arrêter à la salle de bain, mais les pas continuèrent et elle commença à descendre les escaliers, Marie descendait les escaliers et elle arriva au rez-de-chaussée, je l'entendis traverser la grande pièce, j'entendais les pas qui se rapprochaient et je vis la porte de ma chambre s'ouvrir et Marie apparaître devant moi dans le noir, se dépouillant de sa dimension imaginaire pour s'incarner dans le réel, quittant les limbes de mon esprit où j'étais en train d'imaginer ce qu'elle était en train de faire pour s'incarner devant moi en réalité de chair. Marie traversa la chambre pieds nus et se glissa dans mon lit, vint se blottir contre moi. Je sentais la chaleur de sa peau contre mon corps. Le jour était à peine levé sur la Rivercina, et nous nous serrions l'un contre l'autre dans le lit, nous nous enlacions dans la pénombre pour apaiser nos tensions, l'ultime distance qui séparait nos corps était en train de se combler, et nous avons fait l'amour, nous faisions doucement l'amour dans la grisaille matinale de la chambre — et sur ta peau et tes cheveux, mon amour, subsistait encore une forte odeur de feu.

L'auteur,
le narrateur et le pur-sang

Une enquête de Pierre Bayard
et Jean-Philippe Toussaint

Pierre Bayard : Quel est pour vous le principal enjeu de *La Vérité sur Marie* ?

Jean-Philippe Toussaint : Un des enjeux secrets de *La Vérité sur Marie* est de décrire comment un livre prend naissance et se construit dans la pensée. La réalité extérieure est entièrement reconstruite dans l'esprit du narrateur, à partir de souvenirs réels, de témoignages, de rêves et de fantasmes. Il n'y a pourtant pas de mise en abîme classique dans le livre : le narrateur n'est pas écrivain, comme dans *Providence*, le film de Resnais, où le personnage principal, un vieil écrivain, utilise un matériau autobiographique familial pour construire une fiction romanesque. Il n'est pas non plus cinéaste, comme dans *8 1/2* de Fellini, où le réalisateur joué par Marcello Mastroianni oscille en permanence entre le rêve et la réalité. Pourtant, c'est bien dans l'esprit du narrateur que se déroulent les événements relatés par le livre.

P. B. : Au point, en effet, que deux scènes importantes, la mort de Jean-Christophe de G. et la scène de l'aéroport, sont racontées avec force détails par un narrateur qui n'est pas présent. Cela pose d'ailleurs un problème général de narration, ou, comme on aurait dit à la grande époque, de « focalisation ». Il est vrai qu'il existe des précédents célèbres, en particulier chez Proust. Dans *Un amour de Swann*, le narrateur nous raconte les dédales de la jalousie de Swann alors qu'il n'est même pas né lors de l'épisode de ses amours avec Odette. L'invraisemblance est cependant en partie comblée, puisque à la fin de *Combray* il explique les circonstances dans lesquelles il a été mis au courant de cet épisode. De la même manière, le dispositif de narration de *La Vérité sur Marie* est éclairé lorsque nous apprenons que c'est alors qu'il somnolait dans le bateau vers l'île d'Elbe que le narrateur a reconstitué la mort de Jean-Christophe de G., et, un peu plus tard, la scène de l'aéroport.

J.-P.T. : Oui, c'est dans le bateau qui le mène à l'île d'Elbe pour rejoindre Marie que le narrateur va recréer mentalement les deux nuits qui sont au centre du livre. Pour ce faire, il va mêler des sources d'inspiration diverses, des souvenirs réels, certains faits qu'il a pu observer *de visu*, mais aussi des actions rapportées par Marie ou des éléments qu'il a découverts lui-même lors de recherches sur Internet, sans compter, bien sûr, des éléments issus de sa propre imagination : des faits inventés, fantasmés ou reconstruits.

P.B. : Si votre narrateur est plus disert que celui de Proust quant aux circonstances de ce que l'on pourrait appeler, dans l'un et l'autre cas, une « remémoration imaginaire », le thème qu'il développe à cette occasion — la réalité est inaccessible, et seule la littérature est capable d'en saisir l'essence — est éminemment proustien, non ?

J.-P.T. : Je vois quand même un statut différent dans les « absences » des deux narrateurs. Si le narrateur de la *Recherche* est absent d'*Un amour de Swann*, c'est qu'il n'est pas encore né, ce qui est une très bonne raison, vous avez raison de le souligner. Mais le narrateur de *La Vérité sur Marie*, s'il est absent physiquement de certaines scènes qu'il évoque, est omniprésent dans la narration. Il en imprègne les pages, il les hante. Il est vrai que, dès lors que le narrateur disparaît du récit, nous avons affaire à un roman classiquement écrit à la troisième personne qui relate les faits et gestes de Marie. L'enjeu de cette absence du narrateur, pour moi, est alors de poser théoriquement la question de la possibilité d'écrire à la troisième personne, comme dans la fameuse nouvelle de Borges qui évoque le destin d'un écrivain inventant la troisième personne en littérature.

P.B. : Destin tragique, puisque cette nouvelle de Borges (« L'île des anamorphoses »), rappelons-le, se termine mal. Le narrateur-écrivain finit, au terme d'un long processus de perte des repères, par renoncer à son invention et se remet à écrire à la première personne. Dans une autre version qu'il n'a finalement pas retenue (« Le pronom meurtrier »), Borges allait encore plus loin. En effectuant ce passage au « il », l'écrivain se mettait à parler de lui comme le feraient ses proches après sa mort, et il était alors pris d'une telle angoisse de devoir assumer ce changement grammatical qu'il mourait au moment précis où il passait du « je » au « il ». Belle parabole pour dire que la littérature implique une forme de mise à mort du sujet et que cela ne se fait pas sans risques !

S'il est dangereux, ce passage au « il » n'empêche pas en effet le narrateur de *La Vérité sur Marie* d'être omniprésent, en particulier dans sa souffrance. Dans une scène très importante, il croise Marie en compagnie de Jean-Christophe de G. sur un escalator de l'hippodrome de Tokyo et se trouve confronté à sa propre absence chez l'Autre : « Je regardais Marie, et je voyais bien que je n'étais plus là, que ce n'était plus moi maintenant qui étais avec elle, c'était l'image de mon absence que la présence de cet homme révélait. J'avais sous les yeux une image saisissante de mon absence. »

Je serais tenté de voir dans cette description par le narrateur de sa propre absence une des clés du livre. C'est à l'horizon de cette souffrance qu'il forge les deux grandes fictions véridiques que sont la mort de Jean-Christophe de G. et la scène du cheval. Ces fictions lui permettent à la fois de supporter l'absence de Marie en la comblant par l'imagination — y compris dans les scènes sexuelles —, et de maîtriser ce qui lui échappe, en particulier les personnages, dont il contrôle les pensées et dont il peut même se moquer. Cela lui permet même de les placer dans des situations où eux-mêmes ne contrôlent plus rien, comme dans la scène de l'échappée du cheval. D'une certaine manière, ce qui est au cœur de ces récits est moins, en plein, ce qu'ils racontent que, en creux, le fait que le narrateur n'est pas là, son absence étant comme l'énergie de ces textes.

J.-P.T. : En effet. Même si, physiquement, le narrateur n'apparaît pas dans les scènes qu'il décrit, il se sait intimement présent, non seulement en tant que source unique de l'invocation en cours, mais au sein même de chacun des personnages. Il le dit même explicitement : « J'étais autant moi-même que chacun d'eux. »

P.B. : Cela dit, est-il si sûr qu'il n'apparaisse pas physiquement ? La scène où Zahir s'enfuit dans l'aéroport est tout de même étrange si l'on y réfléchit et si l'on ne prend pas pour argent comptant tout ce que nous raconte un narrateur qui ne nous cache pas qu'il ré-invente la réalité. Ne peut-on supposer qu'il ne nous dit pas tout et pratique le mensonge par omission ?

Admettons qu'il soit invisible, puisque personne ne le voit ni ne lui parle. Mais être invisible ne signifie pas être absent. Il nous dit en allant à l'île d'Elbe qu'il a reconstitué cette scène avec son imagination, mais personne n'est obligé de le croire.

La précision des détails — aussi bien dans la description des pistes que de l'avion et des manœuvres de l'embarquement — est telle qu'on est en droit de se poser des questions.

Indépendamment de cette étrange précision du récit, les symptômes du cheval donnent à réfléchir. Le narrateur nous apprend qu'il a déjà été drogué. Les symptômes qu'il présente ici, tout à fait exceptionnels — normalement un cheval ne vomit pas —, font penser plutôt à un empoisonnement. Comment ne pas soupçonner le narrateur, jaloux de Jean-Christophe de G., de s'en être pris au bien le plus cher de son rival, un animal dont le nom n'est pas sans évoquer celui de Marie ? Un narrateur pacifique, certes, mais dont on peut tout de même rappeler que, dans un roman précédent, il se promenait une bouteille d'acide à la main...

J.-P.T. : Je vous suis jusqu'à un certain point. L'hypothèse de l'empoisonnement est évidemment recevable. Si le cheval vomit, c'est qu'il a été empoisonné, ou drogué. Mais la vraie question littéraire serait plutôt de savoir pourquoi ce cheval vomit, alors que c'est impossible dans la réalité. En fait, cette image de cheval qui vomit, c'est la première image qui m'est venue à l'esprit quand j'ai pensé au livre, c'est l'image fondatrice de *La Vérité sur Marie* : un pur-sang qui vomit à dix mille mètres d'altitude dans les soutes d'un Boeing 747 en vol. Je suis parti de cette image, qui mêle le contemporain, un Boeing 747, et l'intemporel, l'animalité universelle d'un cheval. Mais, dès que j'ai commencé à réunir de la documentation, je me suis rendu compte que, dans la réalité, les chevaux ne vomissent pas. Physiologiquement, ils ne peuvent pas vomir. Je n'ai pourtant pas renoncé à l'image — à sa force visuelle et poétique —, ce qui m'a amené à aller vers quelque chose de beaucoup plus radical que prévu, en rompant en quelque sorte le pacte tacite qui unit le lecteur à l'auteur, qui veut que l'on ne raconte en principe que des choses qui peuvent survenir dans l'ordre du réel. En ce sens, lorsque je fais quand même vomir le cheval, alors que je sais pertinemment que c'est impossible dans le réel, je trahis ma propre présence dans le livre, je fais apparaître l'auteur : ma tête — ou ma main — dépasse soudain entre les pages.

P.B. : Gérard Genette propose la notion de métalepse pour qualifier les récits où la frontière s'efface entre la scène de l'histoire et celle de la narration. C'est par exemple le cas dans *La Rose pourpre du Caire* de Woody Allen, où l'acteur d'un film, tombé amoureux d'une spectatrice, descend de l'écran pour la rejoindre dans la salle. Dans l'une des nouvelles du même Woody Allen, *The Kugelmass episode*, le héros s'adresse à un magicien qui a trouvé le moyen de séjourner dans le livre de son choix ou d'en faire sortir les personnages, et peut ainsi rejoindre Madame Bovary dans le roman de Flaubert, avant de l'emmener se promener à Manhattan. Mais cela se termine mal pour lui car, à la suite d'un accident, il se retrouve prisonnier d'un manuel d'espagnol et poursuivi par un verbe irrégulier hirsute.

J-P.T. : Un verbe irrégulier, quelle horreur ! En principe, pour nous préserver de telles mésaventures, il y a une étanchéité parfaite entre le monde réel et le monde de la fiction. Mais pas toujours, la preuve. Vous développez d'ailleurs brillamment ce genre de paradoxes dans *L'Affaire du chien des Baskerville*, avec les notions d'immigrants du texte et d'émigrés du texte, qui évoquent les incursions des habitants du monde réel dans l'univers de l'œuvre, ou, au contraire, les escapades de personnages de fiction dans notre monde. Cette porosité entre le monde réel et le monde imaginaire me fait penser à cette sauterelle qu'on trouve dans le *Saint Jérôme pénitent* de Lorenzo Lotto, dont Daniel Arasse explique qu'elle appartient à notre espace, qu'elle a quitté l'univers fictif du désert où elle se trouvait pour se poser sur le bord du tableau et rejoindre le monde réel. Elle a en quelque sorte volé hors du tableau pour apparaître dans notre monde, elle est sortie de l'image pour mieux nous y faire entrer.

P.B. : C'est bien pour cela que je défends l'idée d'une autonomie du personnage, même quand il s'agit d'une sauterelle ou d'un cheval. Et donc *a fortiori* je soutiens l'autonomie du narrateur de *La Vérité sur Marie*, dont je postule qu'il a très bien pu vous échapper et mener à votre insu des actions que la morale et la justice réprouvent.

En fait, cette ligne de séparation entre la réalité et la fiction, nous la remettons l'un et l'autre en cause, mais je crois de manière un peu différente. Quand vous faites vomir le cheval, vous franchissez cette ligne, puisque vous injectez de la fiction dans le monde réaliste que vous avez créé, et c'est en effet comme si vous apparaissiez à l'intérieur de ce monde, comme un immigrant.

Mais vous restez maître du jeu, aussi bien quand vous vous dissimulez en laissant la fiction se développer que quand vous vous montrez. De ce fait, les personnages ne disposent pas d'une liberté qui leur permettrait de mener des actions autonomes, voire à leur tour de franchir la ligne de démarcation dans l'autre sens. Je me demande si vous ne croyez pas en la toute-puissance de l'auteur. Dans cette perspective, je comprends que pour vous, derrière le narrateur, le criminel — en l'occurrence, celui qui a drogué ou empoisonné le pur-sang Zahir — est bien l'auteur.

J-P.T. : Oui, pour ma part, je préfère cette hypothèse. Je préfère innocenter le narrateur des soupçons d'empoisonnement que vous faites peser injustement sur lui. Si quelqu'un a empoisonné le pur-sang, ce n'est pas le narrateur, c'est plutôt moi (l'auteur). Factuellement d'abord, en laissant entendre que le cheval a été drogué. Toutes ces révélations d'analyses suspectes et de substances illicites détectées dans les urines du cheval, qui évoquent autant le dopage qu'un empoisonnement délibéré, sont bien du ressort de l'auteur, c'est bien moi qui ai introduit ces insinuations dans le livre. De façon métaphorique ensuite, lorsque je fais vomir le cheval, alors que je sais très bien que c'est impossible dans le réel. Tout se passe comme si je voulais essayer de repousser les limites de l'imagination pour aller au-delà de la littérature. Mais on ne peut pas aller au-delà de la littérature, on ne peut pas sortir du livre qu'on est en train d'écrire. En refusant ainsi de recourir explicitement à la mise en abîme, ou en en éprouvant dangereusement les limites (« Zahir était autant dans la réalité que dans l'imaginaire, dans cet avion en vol que dans les brumes d'une conscience »), il y a une tension nouvelle, inédite — et une contradiction insoluble —, entre la réalité décrite, qui, de mon point de vue, doit être la plus réaliste possible, et la conscience (à laquelle on ne peut pas échapper, même si on ne l'avoue pas expressément) qu'on est en train d'écrire. Je me suis débattu au cœur de cette contradiction. J'ai mis toute mon énergie à créer un effet de réel, à faire admettre au lecteur qu'on est bien dans un avion en vol. J'ai accumulé les descriptions réalistes, les détails, les sensations physiques, de froid, d'humidité, de lumière, les vibrations de l'avion. Mais, lorsque Zahir se met à vomir, je romps unilatéralement le pacte réaliste de la lecture. Ce n'est pas à proprement parler une scène brutale, ou violente, mais c'est totalement radical, c'est une infraction par rapport aux règles implicitement admises. L'image finale, le vomissement — impossible dans le réel — de Zahir dans les soutes du Boeing 747, est, de façon sous-jacente, l'affirmation — héroïque aussi bien qu'aporique —, que nous ne sommes pas dans un avion en vol, mais dans la littérature.

CET OUVRAGE A ÉTÉ ACHEVÉ D'IMPRIMER
LE DIX MAI DEUX MILLE TREIZE DANS LES
ATELIERS DE NORMANDIE ROTO IMPRESSION S.A.S.
À LONRAI (61250) (FRANCE)
N° D'ÉDITEUR : 5409
N° D'IMPRIMEUR : 131424

Dépôt légal : septembre 2013

DANS LA COLLECTION « DOUBLE »

Henri Alleg, *La Question.*
Yann Andréa, *M. D.*
Pierre Bayard, *L'Affaire du chien des Baskerville.*
Pierre Bayard, *Qui a tué Roger Ackroyd ?*
Samuel Beckett, *L'Innommable.*
Samuel Beckett, *Malone meurt.*
Samuel Beckett, *Mercier et Camier.*
Samuel Beckett, *Molloy.*
Samuel Beckett, *Watt.*
François Bon, *Sortie d'usine.*
Michel Butor, *L'Emploi du temps.*
Michel Butor, *La Modification.*
Éric Chevillard, *Du hérisson.*
Éric Chevillard, *La Nébuleuse du crabe.*
Éric Chevillard, *Oreille rouge.*
Éric Chevillard, *Palafox.*
Éric Chevillard, *Le Vaillant petit tailleur.*
Marguerite Duras, *Détruire dit-elle.*
Marguerite Duras, *Emily L.*
Marguerite Duras, *L'Été 80.*
Marguerite Duras, *Moderato cantabile.*
Marguerite Duras, *Savannah bay.*
Marguerite Duras, Xavière Gauthier, *Les Parleuses.*
Marguerite Duras, Michelle Porte, *Les Lieux de Marguerite Duras.*
Tony Duvert, *L'Île Atlantique.*
Jean Echenoz, *Cherokee.*
Jean Echenoz, *L'Équipée malaise.*
Jean Echenoz, *Les Grandes Blondes.*
Jean Echenoz, *Je m'en vais.*
Jean Echenoz, *Lac.*
Jean Echenoz, *Nous trois.*
Paul Éluard, *Au rendez-vous allemand*
suivi de *Poésie et vérité 1942.*
Christian Gailly, *Be-Bop.*
Christian Gailly, *Dernier amour.*
Christian Gailly, *Les Évadés.*
Christian Gailly, *Les Fleurs.*
Christian Gailly, *L'Incident.*
Christian Gailly, *K.622.*
Christian Gailly, *Nuage rouge.*
Christian Gailly, *Un soir au club.*
Anne Godard, *L'Inconsolable.*
Bernard-Marie Koltès, *Une part de ma vie.*
Hélène Lenoir, *L'Entracte.*
Hélène Lenoir, *Son nom d'avant.*
Robert Linhart, *L'Établi.*

Laurent Mauvignier, *Apprendre à finir.*
Laurent Mauvignier, *Dans la foule.*
Laurent Mauvignier, *Des hommes.*
Laurent Mauvignier, *Loin d'eux.*
Marie NDiaye, *En famille.*
Marie NDiaye, *Rosie Carpe.*
Marie NDiaye, *La Sorcière.*
Marie NDiaye, *Un temps de saison.*
Christian Oster, *Loin d'Odile.*
Christian Oster, *Mon grand appartement.*
Christian Oster, *Une femme de ménage.*
Robert Pinget, *L'Inquisitoire.*
Robert Pinget, *Monsieur Songe* suivi de *Le Harnais* et *Charrue.*
Yves Ravey, *Enlèvement avec rançon.*
Alain Robbe-Grillet, *Djinn.*
Alain Robbe-Grillet, *Les Gommes.*
Alain Robbe-Grillet, *La Jalousie.*
Alain Robbe-Grillet, *Pour un nouveau roman.*
Alain Robbe-Grillet, *Le Voyeur.*
Jean Rouaud, *Les Champs d'honneur.*
Jean Rouaud, *Des hommes illustres.*
Jean Rouaud, *Pour vos cadeaux.*
Nathalie Sarraute, *Tropismes.*
Eugène Savitzkaya, *Exquise Louise.*
Eugène Savitzkaya, *Marin mon cœur.*
Inge Scholl, *La Rose Blanche.*
Claude Simon, *L'Acacia.*
Claude Simon, *Les Géorgiques.*
Claude Simon, *L'Herbe.*
Claude Simon, *Histoire.*
Claude Simon, *La Route des Flandres.*
Claude Simon, *Le Tramway.*
Claude Simon, *Le Vent.*
Jean-Philippe Toussaint, *L'Appareil-photo.*
Jean-Philippe Toussaint, *Autoportrait (à l'étranger).*
Jean-Philippe Toussaint, *Faire l'amour.*
Jean-Philippe Toussaint, *Fuir.*
Jean-Philippe Toussaint, *La Salle de bain.*
Jean-Philippe Toussaint, *La Télévision.*
Jean-Philippe Toussaint, *La Vérité sur Marie.*
Boris Vian, *L'Automne à Pékin.*
Tanguy Viel, *L'Absolue Perfection du crime.*
Tanguy Viel, *Insoupçonnable.*
Tanguy Viel, *Paris-Brest.*
Antoine Volodine, *Le Port intérieur.*
Elie Wiesel, *La Nuit.*